「嫌がれよ。突き飛ばせよ、俺を——…何、大人しく犯されてんだよ。非合意のセックスなんてただの暴力だろ……しかも最低の暴力だ。いいのかよ、子供なんか孕まされて…」

震える唇に、弱々しく語尾が吸い込まれていった。

蜜《みつ》と禁《きん》断《だん》のエピローグ

桐《きり》嶋《しま》リッカ

ILLUSTRATION
カズアキ

CONTENTS

蜜と禁断のエピローグ

蜜の章

1

いつか、そんな日がくるだろうと思っていた。

俺があの人を好きでいる限り、あの人が兄を思い続ける限り――。


「あー、かったりィ…」

シン…と静まり返った研究棟内に、気づいたら零《こぼ》れていたぼやきが一つ。

行き届いた冷房の恩恵《おんけい》ですっかり冷えきった廊下に、先ほどから反響しているのは俺の足音一つきりだった。すでに履《は》き潰《つぶ》して久しい上履きの踵《かかと》を、怠惰《たいだ》に引き摺《ず》りながら先へと進む。

（ったく、やってらんねーよなぁ…）

癖の強い赤毛をグシャリと掻《か》き回しながら、何の気なしに窓ガラス越しに見える隣接校舎へと目を移す。こちらの静穏さとは対照的なほどに、あちらはずいぶんな盛況ぶりだった。廊下を行き交う、草食獣の群のような制服姿がいくつも見受けられる。

教師たちの研究室が立ち並ぶこの棟舎と並行して建つ第三棟舎には、見るからに生徒たちの活気が溢《あふ》れていた。ガラスに阻《はば》まれ声こそ聞こえないが、かしましくダべっている様子は一目瞭然《りょうぜん》だ。

それでも通常時に比べればどことなく閑散とした雰囲気《ふんいき》が漂うのは、いまが夏期休暇の真《ま》っ只中《ただなか》だからだろう。昨日までは完全な静寂《せいじゃく》に満たされていただろう校舎が、生徒たちの喧騒《けんそう》にどこかまだ馴染《なじ》めていないように見える。もちろん「全校登校日」といえど、すべての生徒が学校に足を運んでいるわけではない。人口密度で言えば普段の二割減といったところか。

（登校日なんか久しぶりにきたっつーの）

二つ折りにしてスラックスのポケットに突っ込んでいたハガキを、溜《た》め息《いき》交じりに引っ張り出す。宛名欄《あてならん》には俺の名前が印字されている。それはまあいいとして、問題は宛先の方だった。

「……何も実家に送ることたねーだろうよ」

いま現在、自分が根城にしている東京《とうきょう》の住所ではなく、そこに書かれているのは京都《きょうと》の実家の住所だ。つまりはこの紙切れ一枚のおかげで、俺は「楽しい夏休み」を返上して登校日なんかに費やしているというわけで。

まあ、考えたもんだなと思う。恐らくは学年主任の曽我部《そがべ》の一計だろう。一人暮らし中のマンションに呼出状を送ったとしてもシカトされるだけだと踏んだわけだ。その読みは賢明かつ、的確だ。これがマンションに届いてたとしたら、俺は余裕でスルーしていたろう。

——いや、そもそもこんなモノを学院から送られている時点でアウトなわけで。

出席日数の計算をどうやら少し間違えていたようだ。もしくは自分の授業ばかりを欠席された曽我部の腹いせとか？　その線もかなり捨てがたかったりする。月曜の一限なんて高等科に上がって以来、数回しか出た覚えがない。

どちらにしろ、そんな現状を実家に知られてしまったのは失態以外の何物でもなかった。

（しかも、下手《へた》を打ったのは俺一人ときてるしな）

友人のメガネからも天然からも、こんなものが送られてきたという話は聞いていない。まあ、あいつらは要領いいからな……つーか俺自身、こんなものを送られるのは久しぶりの経験だ。

例年どおりなら確実に同じ境遇にあったろうもう一人の友人も、今年は婚約者との『婚前旅行』というふざけた名目でこの呼び出しを回避したらしい。と言っても、素直に「旅行です」と言って許可が下りるとはとても思えないので、きっとあの婚約相手の食えない男が上手く立ち回ったか、教師を丸め込んだかしたのだろう。

（つーか、その腹いせまで俺に上乗せされてんじゃねーだろうな…）

湧き上がった疑念に思わず表情を渋《しぶ》らせながら、俺は左目の下にあるガサついた感触を指の腹で撫でた。ことあるごとにこの感触を撫でるのが癖になったのは、もうずいぶん前の話だ。

「ま、しゃーねえか」

疑念が事実だったとして、釈然としない気持ちは確かにあるが、憤ったところで呼び出されている現実は変わらない。だったらさっさと終わらせて、いち早く自由を手にした方が利口だろう。

――そのためにはまず、片すべき別件が一つ。

突きあたりの角を曲がり、L字型になった研究棟の一番奥まった部屋まできたところで足を止める。入り口の金属プレートには「B-12　S.Kanoh」の表示が彫り込まれていた。

（はたして今日はどうかな？）

この部屋に限っては、ノックの前に室内の気配を窺《うかが》うのがいまや習慣になりつつあった。

気配の察知に長《た》けた友人ほどではないが、俺もそれなりに気配は探れる方だ。スチール扉の向こうへ意識を集中した結果、感じ取れた気配は二つ——在室人数が複数であるとわかった時点で、俺は音を立てないよう細心の注意を払って扉を引き開けた。

途端に聞こえてきたのは、クチュリ…という淫猥《いんわい》な水音と、速い紡《つむ》ぎの呼吸音。

「……っ、はぁ…」

断続的に聞こえてくる粘着質《ねんちゃく》な音や潜《ひそ》められた喘《あえ》ぎの切迫度から察するに、中の「事態」はそろそろ佳境に差しかかっているのだろう。

「やれやれ、またですか…」

ごく小さくぼやいてから、俺は音もなく滑り込んで後ろ手に扉を閉じ合わせた。

（これが真っ昼間から聞ける音かねぇ…）

入り口を入ってすぐ左手に聳《そび》え立つスチールの書棚の向こうから聞こえてくるのは、こんな明るい日中にはとても似つかわしくないものばかりだった。

堪《こら》えきれないかのように漏れ聞こえる喘ぎに、押し殺した吐息。

そしてひっきりなしに聞こえてくるのは、何かを扱《しご》きたてるような粘性の音——。男なら誰しも聞き覚えのあるだろう音が、さっきからしつこいくらいに室内に反響している。

「っ、…く」

「すごいね、どんどん出てくるよ」

「…ッ、センセ、そこ触っちゃ…っ」

「もう出ちゃう？　でも出したくて扱いてるんだよね」

「う、わ…っ、まじでヤバイって…！」

「じゃあ頑張らなきゃね。いまイッたら約束は無効だよ？」

「うっ、く…ゥっ」

淫靡《いんび》な水音と切迫した喘ぎに入り混じって、クスクスという楽しげな含み笑いが聞こえてくる。

（盛り上がってんなぁ…）

いくら人の少ない休暇中といえど、健全たる学《まな》び舎《や》の一角でこんなものを耳にする機会なんてそうはない。——と言いきれないのがこの学院の、ひいては集《つど》う者たちの困った習性なのだが。

東京都M区の閑静な住宅街にあるこの学校の名前を『聖グロリア学院』という。

幼稚舎から大学院まで続く完全エスカレーター制が育む人材は、政財界をはじめ各界に有力な人員を送り込んでいることでも広く名を馳せているらしい。学力のみならず家柄をも問うこの名門校への入学を希望し、輝くステイタスを持ちたがる人間はあとを絶たないのだと聞く。

だが「人間」である限り、生涯叶《しょうがいかな》わない夢であることを当の人間たちは知らない。

異端の血を宿し、ヒトにはない能力を有し、なおかつ家柄のいい子女たちのみが通うことを許される、ここはそんな「魔族」にのみ門戸を開いた学校なのだ。——中にはヒトと魔族のハーフという異例な存在もあるが、ほとんどは純粋に「人間ならざる」存在たちが集っていると考えていい。

それら魔族のほとんどは、三種の血統に大別される。

そのうちの一つが狼男《おおかみ》の素質を継ぐ「ライカン」、もう一つが吸血鬼の素質を継ぐという「ヴァンパイア」、そして最後の一つが魔女の素質を継ぐ「ウィッチ」。それぞれの血統には素質に見合った能力の傾向があり、魔族であれば何か一つは異能の力を持っているのが当然だった。

たとえば俺、古閑光秀《こがみつひで》には「ウィッチ」の血が流れている。

ちなみに持っている能力の通称は『蛇使い《サイドワインダー》』。

（さーて、どうしたもんかな…）

しばしの逡巡《しゅんじゅん》を挟んでから、俺はおもむろに左袖をまくると二の腕に彫り込まれた蛇の刺青《いれずみ》に意識を集中させた。瞼《まぶた》の裏にポッと明かりが灯《とも》るような感覚の直後に、肌の表面から浮き上がった「蛇の実体」がぐるりと腕に体を巻きつける。

これこそがウィッチの中でも独自の勢力を誇る『古閑』家だけに、代々伝えられている力だった。

体中に彫り込んだ刺青を実体化させて操ることができる能力——。

体長三〇センチほどの青黒い蛇をしゃがんで床に這《は》わせると、俺は部屋の奥へ進むよう指令を送った。慣れれば己の指と同じ感覚で操ることができるのだが、この蛇はまだ彫ってからの日が浅い。

（ま、足許まで這わせるくらいは余裕でしょ）

意識の隅で蛇の動向をコントロールしながら、俺は並んだ書棚の影からそっと向こう側を窺った。

魔族に共通して見られる傾向、その一つに「節操がない」という点が挙げられる。とかく快楽に流されやすく、自分の欲望にはどこまでも忠実な輩《やから》が多いのだ。

教師一人ずつに与えられるこの「研究室」という名目の部屋は、さほど広いものではない。ましてや新任の教師ともなれば一番小さい部屋からスタートするのが普通だった。そういった平の教師たちはとかく備品レイアウトに工夫を凝らし、少しでも心地よい空間を手に入れようと画策するものなのだが、この部屋の場合はまったく違う「目的」のために周到なレイアウトが施《ほどこ》されていた。

たとえばいま自分が身を隠しているこの書棚。これは入室直後に室内を見渡せないよう、わざわざ入ってすぐの左手に壁のごとく二つも配置されているのだ。

当然この向こう側には、部屋の主が隠したいと思う光景が広がっているわけで——。

（お、前にも見たことある顔だな）

まず目に入ったのは、スチールデスクに腰かけている男子生徒の姿だった。

この位置からでは襟元《えりもと》の記章までは見えないが、俺と同じ制服の形から高等科の生徒だろうという推測は立つ。シャツとスラックスの前をあられもなく寛《くつろ》げて、彼は切なく息を喘がせていた。

銀色の細かいストライプが入ったシャツに緩く下げられた墨《すみ》色のタイ。左胸に刺繍《ししゅう》された手の込んだ銀糸のエンブレムは、「月と星と太陽」を模した学院の校章でもある。規定どおりに着用すればストイックな雰囲気を醸《かも》し出す制服の乱れが、この場の淫蕩《いんとう》さをよけいに深めている気がした。

「っ、ふぅ…」

だらしなく開いた脚の間に両手を添えて、彼はひたすら自慰《じい》に励んでいる。——高等科への進学以来、こんな光景を眺めるのはこれで何度目になるやら。もはや数えてもいない。

「そろそろ限界かな。さっきからビクビク震えてるよ」

「ちょっ、まじ触んの勘弁…ッ」

焦る彼の言動を楽しげに眺めながら、ワークチェアに腰かけた教師が手にしたボールペンの先でいまにも弾けそうな青年の先端を突こうとする。

「前回はこれでイッちゃったっけ。今回はどうかな？」

「やっ、ま…ッ」

慌てふためく男子生徒は、教師にとって玩具《おもちゃ》のような存在でしかないのだろう。脚を組み、肘掛《ひじかけ》に頬杖《ほおづえ》を突きながらの教師の手遊びには、それほどの熱があるようには見えない。

ヒマ潰し、もしくはただの退屈しのぎ——。それを裏づけるように唐突に欠伸《あくび》を零すと、教師は目の前の痴態《ちたい》に冷めた視線を注いだ。男子生徒の昂奮《こうふん》など、どこ吹く風といった様子だ。

そうして目の前の欲望が落ち着いてきた頃合を見計らって、また油を注ぎ足すように卑猥な言葉と仕種とで若い肉体を煽《あお》り、意のままに操るのだ。

（まーた悪趣味なことしてんなぁ…）

呆れた光景に思わず眉間《みけん》を曇らせつつも、ひとまずは自分の来訪を告げさせるべく蛇に終着点を指示する。こちらの指令どおりに動いた蛇がワークチェアに絡むのを見届けたところで、タイミングよくチャイムが鳴った。

「じゃあ今日はここまで。あとは自分で処理してね」

「って、え…っ？」

明るくゲームセットを告げた教師が、キャスターを軋《きし》ませながらさりげなくデスクとの距離を取る。そのまま何食わぬ顔で立ち上がり、窓際の棚でファイルの整理などをはじめた教師に、男子生徒は話が違うとばかり瞠目《どうもく》してみせた。

「ちょっ、チャイムまで我慢できたらご褒美《ほうび》くれるって…っ」

「うん、だからコレがご褒美ね」

「へ？」

惚《ほう》けて開いた男子生徒の口に、教師がすかさず近づいて何かを突っ込む。

「これから職員会議なんだ。楽しいことはまた今度ね」

「……センセー」

あらかじめ用意していたのだろうロリポップで口を塞がれて、さらにはニッコリと有無を言わせぬ笑顔まで浮かべられてしまっては、男子生徒に食い下がる余地はないだろう。中途半端に放り出されて辛いだろう下肢《かし》をすごすごと整えると、彼は項垂《うなだ》れながらボソリと不平を漏らした。

「つーか先生、これで空振り三回目なんだけど…」

「そうだっけ？　でも僕、嘘《うそ》はついてないよ。それに君だって、そう簡単に『叶《かのう》』の半陰陽が抱けるとは思ってないでしょう？」

「そりゃそうだけどさー」

ちぇ…と悔しそうに呟いてから、ようやく諦めがついたのだろう男子生徒がデスクを下りて出口へと向かおうとする。その動きを制するように、教師がパチンと一度だけ指を鳴らした。

「悪いけど扉じゃなくて窓から出てくれる？　会議前に一度、研究棟に戻ってくる先生も多いし、そんな前屈《まえかが》みで鉢合わせるのは君の心証的にもよくないでしょう？」

そんなもっともらしいことを言いながら、慣れたあしらいで男子生徒を窓から外に追い出すと、教師は笑顔でその背に手を振りながらピシャリと窓ガラスを閉めた。

「さーて、と」

そう言いながら振り向いた教師の腕には、いつのまにか青黒い蛇が巻きついていた。

「もういいよ、出てきて」

柔らかなアルトの許可を得てようやく書棚の陰を出ると、生物教師・叶刹那《せつな》はふわりと花のような笑みで端整《たんせい》な面差しを綻《ほころ》ばせた。――まったく、こんなキレイな笑顔であんなキチクを働くのだから、この人は相当にSなのだろうといつもながらに思う。

「言っとくけど、刹那さん――」

「あ、ねえコレってさ」

苦言を呈そうとしたこちらの口を封じるように、刹那が腕に巻きついた蛇を目の高さまで持ち上げてから、その頭を指先で撫でる。

「見たことないけど、もしかして新しいやつ？」

「あー…、月初めに帰省した時にね。試し彫りとかって押しきられちまって」

「試し彫り？」

「そ。いままでとは違う分野のヤツなんだってさ」

「へえ、ずいぶん精力的じゃない」

「俺がじゃなくて親父《おやじ》がね」

ハイ、と差し出された蛇を腕に戻しながら、俺は隙《すき》を見ていつもの忠告を苦く吐き出した。

「で、何度でも言うけど、せめて鍵くらいは…」

「かけとくべきだって？　でもそれじゃスリルがないじゃない。それに誰かに目撃されたのなんてあの一度きりだよ」

（その一度にあたった俺が不幸だった、ってわけか）

あの光景を目にしたおかげでこちらは胸に深手を負ったというのに…。とはいえ、いまさらこの人に何を言ったところで糠《ぬか》に釘《くぎ》なのはわかっている。それでも言わずにいられないのは、俺の損な性分の表れだろう。聞き入れられない忠言のリフレインほど空しいものもないが、まあここまでくり返したら半分は意地みたいなものだ。で、もう半分は何かといえば――。

（ホンット、報《むく》われねえよなぁ…）

「まーそれはともかく、だ」

先ほどの男子生徒がデスクに腰かける前に座っていたのだろう、中途半端に引き出されたパイプ椅《い》子《す》に腰を下ろすと、俺は堪えきれなかった溜め息を深々と落とした。

「いまのはさすがに同情するワ、俺も…」

窓を乗り越えるのも一苦労だった哀れな男子生徒の背中を思い出す。あんな臨戦状態で放り出されたら、男として堪《たま》ったものではない。つーか、あんな目にだけはぜったい遭いたくないと思う…。だが憐憫《れんびん》を含んだ感想に返ってきたのは、悪びれたふうのない感慨だけだった。

「彼も懲《こ》りないよね。月に何度か、あーやってチャレンジにくるんだよ」

窓枠に腰を預け、手にしたファイルに視線を走らせながら刹那が線の細い肩を竦《すく》めてみせる。

休暇中の登校日といえど、刹那の装いはいつもと変わらない。水色のVニットにブラックジーンズというラフな格好の上に白衣を着込んでいる。

「といっても毎回相手してあげるわけじゃないけど。今日は午前中ヒマだったたからさ」

「退屈しのぎ？」

「そ。それに、たまには構ってあげないとね。思い詰められても厄介《やっかい》だし」

事もなげにそんなことを言いながら、刹那がふいに意味深な笑みを浮かべる。思い詰められた結果として、放課後の教室で生徒に襲われかけた一件でも思い出しているのだろう。

「あーいうのもたまには悪くないけど。生憎《あいにく》、僕の体はそんなに安くないんだよね」

言いながら数秒ほど維持された微笑《ほほえ》みが、ほんの一瞬だけ伏し目がちな自嘲に変わる。

(そんな顔すんなら言わなきゃいいのに…)

といつも思うのだが、そうでもしなければ自分の中での折り合いがつかないのだろう。言っても無駄になるだろう忠言を、俺は敢《あ》えて口にした。

「自虐《じぎゃく》的な姿勢は評価しねーけど」

「いいよ、べつに？　ミツの評価なんてはじめっから気にしてないし」

Vネックに無造作に差していたメガネをかけてから、刹那がベッと小さく舌を出してみせる。

自身の核心に少しでも触れられそうになると、こうしてレンズの向こう側に隠されてしまう表情。

それを反射的に窺いかけてから、あーイカンイカン…と俺は宙に視線を漂わせた。

無闇に詮索《せんさく》されることを刹那は何よりも嫌う。ここには機嫌《きげん》を損ねにきたわけではないのだ。むしろ逆というか。ここでヘソを曲げられるのは本意ではない。

「あー…」

話の向きを変えようと無難な話題を模索しかけたところで、「それにしてもめずらしいね」と先に刹那が話の水をこちらに向けてきた。

「ミツがこんな登校日に顔出すなんてさ」

「ああ、その話ね。実家にコレ送られちゃ、観念するしかねーっつうか…」

ポケットに入っていたハガキをデスクの上に放り出すと、窓際からそれに目を留めた刹那が得心したように「なるほど」と声に笑みの気配を混ぜてきた。さすがはグロリアOBだ。

「夏の時点でコレを送られるなんて、出席日数の計算間違えた？」

「いやいや、俺の計算じゃギリでセーフだったんだって。だから曽我部の個人的恨《うら》みなんじゃねーかと、俺は踏んでるんだけどね」

「アハハ、ないとは言えないね。じゃあ午後は特別補講に強制参加？」

「そーゆーこと。日数の穴埋めに休み中まで講義組むのやめて欲しいよなぁ」

「でも、自業自得でしょ？」

何冊かのファイルを手に再びワークチェアに腰を下ろすと、刹那はしなやかに脚を組んで机上《きじょう》のマウスに手を伸ばした。スタンバイモードから復帰したディスプレイがパッと明るくなる。

(相変わらず早いよな、スイッチの切り替え…)

数分前までの淫靡な遊戯の名残《なごり》など、いまは欠片《かけら》も窺えない。さきほど少しだけ覗《のぞ》いた傷心めいた自嘲も、こうして冷静な横顔を見ていると夢でも見ていたのかと思うくらいだ。

手早くメールチェックをはじめた刹那のメガネに、画面のちらつきが映り込む。その目映《まぶし》さを隣《となり》から眺めていると、さっきよりも少しだけ真面目《まじめ》さを増した、教師モードの声が放たれた。

「君もさ、呼び出しがイヤなら学院に申告すべきだよ。包み隠さず現状をね」

「現状？」

「そう。ただのサボリじゃなくて家の事情によるものだって。義継《よしつぐ》も高校の頃はそう言って考慮してもらってたよ。当然、古閑家だって君がそう対処してると思ってたはずだよね？」

「うわあ、耳に痛いね……母親にもまったく同じこと言われたワ。もっと要領よくやれってさ」

「誰だってそう言うよ。家の都合で欠席なんて、よくある話なんだからさ」

「ま、それはそーなんだけど。――親父が俺に回してくんのって、なんでか『秘密裡《ひみつり》に』って条件つきばっかなんだよなぁ」

パイプ椅子の簡素な背もたれに、普段は丸める癖のある背中を弓なりに反らす。組んだ両手を項《うなじ》に添えてから、俺は怠惰な姿勢で天井に目を留めた。覚醒からこっち、何度目になるか知れない欠伸を盛大に披露《ひろう》してからそっと目を閉じる。

「だからまあ、言いたくても言えないっつーかさ…」

昨夜の仕事が朝方までかかったせいで今日はうっかり昼近くまで寝込んでしまい、おかげで全校朝礼には寝坊してしまったのだ。

そんなふうに『古閑』の仕事を請け負うようになったのは中等科に上がってからだ。それがこちらに残る条件の一つとして父親に提示されたものだったから。俺に選択の余地はなかった。

と言っても、それを負担に感じたことはない。秘密裡の仕事が多いのも、俺が『蛇』を継いだからに他ならないのだと理解もしている。――わからないのは父親の魂胆だけで。

「それって期待されてるってことなんじゃないの？　だってミツは古閑家の期待の星でしょう？」

感嘆すら含んだ刹那の声音に、俺は思わず苦笑を漏らすと片目だけを薄く開いて窓際を見やった。

「刹那さんまでやめてくんない？　親父の期待の星は弟なんだって、マジで」

「でも義継は卒業までナイトだったけど、ミツはとっくにルークを手に入れてるんだし…」

「俺はルーク止まり。弟はキングの器だよ、じきにね」

「――そっか」

自分が心の領域侵犯《しんぱん》にはうるさいからか、刹那は人の胸のうちにもあまり踏み入ろうとはしない。これより先はプライベート、という線を見極めるのがとても上手いのだ。けっきょく俺の境遇についてそれ以上深追いはせずに黙り込んだ横顔を、俺は気づかれないようにじっと横から見守った。

褪《さ》めた茶褐色《ちゃかっしょく》の髪に優美なラインを描く鼻梁《びりょう》、涼しげな翡翠《ひすい》の瞳――。

色のない薄い唇は引き結ばれてることが多く、普段はあまり感情の起伏を載せることがない。ひんやりと整った容貌《ようぼう》は常に禁欲的な清廉《せいれん》さと清潔感とを纏《まと》っており、中性的な面立ちともあいまり、第一印象で彼に色気を感じる者はそう多くないだろう。そう、第一印象では――だ。

刹那の印象は、仕種一つ微笑み一つでガラリと切り換わる。

唇の端をほんの少し持ち上げるだけで、冷めた視線を意味ありげに流すだけで、彼の持つ雰囲気は途端に急激な色気を帯びて見る者に誘惑じみたオーラを放つのだ。

まるで妖艶《ようえん》な蝶《ちょう》を思わせるその秋波《しゅうは》に、あてられて落ちない男はいないだろう。

あの涼やかな美貌を耐えがたい快楽で歪《ゆが》ませてみたい。あのしなやかな体を快感に波打たせ、心ゆくまでその媚態《びたい》を愉しみたい。白い体の隅々までを汚して、何もかもを貶《おとし》めてみたい――。

そう男に思わせる何かが、刹那には生まれながらにして具わっているのだ。彼の出自をこれ以上なく物語るのが『叶』という名字だった。

ライカンにもヴァンパイアにもないめずらしい家系、それがウィッチの『叶』家だ。

刹那の実家は、半陰陽しか生まれないという特別な血筋を持っているのだ。天性の淫乱、魔性の家筋――叶家の半陰陽は時にこういった別称で呼ばれることがある。

叶の血を継ぐ者は男女を問わず妖艶《ようえん》な雰囲気や艶めいた容姿を持つ者が多いのだ。その傾向は容姿だけに留《とど》まらず、肉体にも及ぶのだと世間ではもっぱら噂されている。下世話な流言に、そして彼自身の持つ色気にあてられて勝手にのぼせ上がる者たちはあとを絶たない。そうした世間の目を熟知したうえで刹那は計算ずくの笑みや所作で、脂下った輩どもを操ってみせるのだ。

すべては己に都合のいいように。

(あるいは俺も、その一人なんだろうな)

自覚はある、昔から。――だからこそこんな時、よけいに居た堪れない心地を味わうのだ。

「刹那さん」

「何?」

「鳴ってるよ携帯。出ないの?」

バイブも着信音もなく、サイレントモードで着信を告げる携帯が、さっきから刹那のジーンズのポケットで青いライトを明滅させている。その指摘にしかし、刹那はまた意味深な笑みを浮かべると黙って携帯の電源を落とした。

「口実じゃなくて本当にあるんだよ、職員会議。もうはじまってるからその召集かな」

「ただの事務連絡がサイレントモードで鳴るわけ？」

「大人にはいろいろあるんだよ」

「……ずりィーな」

そんな一言で切り伏せられたら、もう何も言い返せない。

どう頑張っても年の差は縮まらないのだ。それをこちらが意識しているのを百も承知で、ことあるごとに年齢の違いを盾《たて》にしてくるのは刹那のいつもの手口だった。

埋めようのない六年の歳月が、常に自分と刹那の間には横たわっているのだ。どう頑張っても縮められない経験値の差に、歯嚙《はが》みしたい気持ちで苦々しく思う。

（大方、今夜のお誘い電話ってとこだろ…）

相手の見当もほぼついている。数学科の大橋《おおはし》か、理事の依田《よだ》のどちらかだろう。

二人とも刹那が赴任した直後に、『叶』の名字に色めき立っていたのを覚えている。そんな連中は掃いて捨てるほどいたが、八月まで関係が続いているのはどうやらこの二人だけのようだった。

刹那はメリットのない相手には見向きもしない。この学校でお眼鏡に叶ったのはけっきょく、あの二人だけだったということだろう。そういった遊び相手が学校以外で何人いるのかは知らない。

メリットの次に刹那が重視するのは、相手の実年齢だった。先ほどまでこの部屋にいた男子生徒然《しか》り、年下は玩具的な対象でしかないことも知っている。権勢のない年寄りには愛想さえ振り撒かない。それでも刹那に惹かれ、手に入れようとする男たちは次から次へと彼の前に現れる。

その数をせめていまの半分に減らす方法があるのに、刹那はなぜかそれを使おうとはしなかった。いちいちあしらう労力を厭《いと》わず、頑《かたく》なに『叶』を名乗り続けるのだ。

「旧姓じゃなくて『古閑』を名乗ればいいのに」

これもすでに何度目かになる苦言に、刹那はクス…っと口許を緩ませるだけだった。

「どうして？　そんなことしたら僕が人妻だってバレちゃうじゃない」

(いやいや、れっきとした人妻なんだからさ…)

そこは公表しとくべきだろう、という俺の意見が受け入れられた例はない。

「べつに知ってる人は知ってるんだからいいじゃない。僕が古閑家の嫁だってことはさ」

「つーか兄貴は知ってんのかよ？　学校で『叶』を名乗ってること」

「義継は気にしないよ。僕がどこで何してたってね」

「——自虐的な姿勢は評価しないって、さっきも言ったろ」

途端に辛辣《しんらつ》さに満ちた双眸《そうぼう》が、キリリと俺のことを見据《みす》えてきた。

「ねえ、もしかしてケンカ売ってる？」

(お、やっと怒りましたか)

美人は怒っている時が一番美しい——とは祖父の世迷言《よまいごと》だが、こんな時の刹那を見ているとそれもまんざら嘘ではないなという気がしてくる。少なくとも世辞や手段として使われる偽りの笑顔に比べたら、こうして本気で憤っている時の表情の方が数段、美貌も研ぎ澄まされて見える。

「だったら買うけど、口で僕に勝つ自信があるわけ？」

「まさか。俺は思ったことを素直に口にしてるだけだよ——何しろ、子供だからね」

年齢差は、何も刹那だけの切り札足り得るものではない。

何秒か険悪に見つめ合ったのち、先に目を逸らしたのは刹那の方だった。

「……逆手に取ってくるとは卑怯《ひきょう》だなぁ」

「どっちが」

俺の心底からの呟きに、刹那が今度は片目だけを眇《すが》めてどこか意地悪げな視線を送ってくる。

「——ところで、光秀くん」

ワークチェアをこちらに向き合わせるなり、マウスを手放した指が左目の下のガサつきを撫でてきた。重ねられた視線がさらに楽しげな気配を増す。

「そんな人妻の僕に、君はどんな用があるのかな」

「……う」

深緑色の虹彩を透かして、キラキラと悪戯《いたずら》めいた光が奥で輝いているのが見える。自分がここに赴いたそもそもの理由を思い出して、俺は斜め下に視線を泳がせながら若干声のトーンを低くした。

「あー…、今日からヒートがきまして」

「ふうん？」

「で、つきましては利那さんにお相手願いたいなぁ…と思った次第で」

「驚いた、君は人妻にそんなこと頼んじゃう気？」

ここぞとばかりそのフレーズを連呼する刹那に、俺は降参の意を込めて両手を掲《かか》げてみせた。

「あーも、悪かったってば！　さっきの電話に少なからず妬《や》いてんだよ、これでも…」

妬いても仕方がないと思うそばから、大橋や依田の顔がちらついて離れないのだ。バリバリと赤毛を掻きながら零した本音に、刹那がどこかくすぐったそうな笑顔を浮かべる。

「なら、最初から素直に言えばいいのに」

俺の跳ねた赤毛を指先で撫でながら、刹那が小首を傾《かし》げてまた笑みを深める。

（——ああ、これは本当の笑顔だな）

計算で浮かべる謎めいた笑みとも、これみよがしに咲かせた大輪の薔薇《ばら》のような笑顔とも違う。たとえるなら同じ花でも、そよ風に揺られている慎《つつ》ましやかなハルジオンのようだ。

艶めいた笑みを武器にする刹那が、本心から笑うことは滅多にない。小悪魔的な言動や笑顔の奥に周到に隠された本心や痛みに気づいているのは、俺だけなんじゃないかと思うことがある。

「ミツの誘いは断らないよ。いつだってね」

言いながら近づいてきた唇が、左目の下にある蛇の刺青に舌を這わせる。

十一歳の時、そこに小さな蛇を彫って以来、何度となくくり返されてきた悪戯。それを甘んじて受け入れながら、俺はまた両目を閉じた。

この人が本心を口にすることは、ほとんど皆無と言っていい。血筋や境遇のことでどんな目に遭わされても、この人は黙してその痛みのすべてをしなやかな身のうちに隠してしまうのだ。そうして何事もなかったかのように、周囲には「笑って」みせる。

そうして隠した傷跡がはたしていくつあるのだろう？

それを思うたびに、俺はやるせない気持ちでいっぱいになる。

「今晩は少し遅くなると思うから、先に部屋にいって待っててくれる？」

囁《ささや》きとともに慣れた重みの鍵を制服の胸ポケットに落とされる。唾液《だえき》で濡れた蛇を乾いた指でなぞられて目を開くと、しっとりと濡れた唇が小悪魔の笑みを象《かたど》るのが見えた。

「今日は職員会議のあとに親睦《しんぼく》会があるんだ」

「親睦会ねぇ…」

「うん、できるだけ早く切り上げて帰るから」

新任教師が校内での序列を乱さないためには些細《ささい》な催しにも顔を出す必要があるのだろう。そこでの立ち回りが重要なことも多いはずだ。

頭ではそうわかっていても、気持ちは簡単には割りきれない。

「あ、やだな。ミツが待ってるのに、誰かに抱かれて帰ったりしないよ？　君のヒート中はなるべく専属って約束だもんね」

「……そう頼むよ、刹那さん」

最終的に体を投げ出すことに一切の躊躇《ためら》いはないのだと、刹那は口癖のようによく言っている。

大事なのはそこまでの過程で、自分が何を得るかだからと。それは自身を暗示にかけるための呪文《じゅもん》でもあるのだろう。そうして得たものと引き換えに、胸に負った傷を忘れるために——。そうやって騙《だま》し騙し、これからも生きていく気なのだろう。

刹那の「処世術」を批判する権利なんて俺にはない。それでも。

（あんたには傷ついて欲しくないと思ってる）

まだ痛む傷だって数多くあるだろう。目には見えないその傷たちを、癒せるのが自分だけだったらどんなにいいか——そう思い続けて早六年になる。

だが片思いが報われる兆しは依然としてなかった。刹那は誰にも傷を見せようとはしないし、そんな傷など初めからない、と自分を欺《あざむ》くことに慣れすぎているのだ。

「ミツのお誘いも、かなり久しぶりだよね」

「そうだっけ？」

「今夜、楽しみにしてるよ」

軽く唇に触れてきた微笑が、また隙のない笑顔になる。それを少しの間見つめてから、「じゃ、そろそろいくわ」と俺は重くなりかけていた腰を上げた。

「あ…」

その瞬間、刹那の表情が頼りなげに揺れたのを横目に、思わず動きを止めてしまう。

感情の表出は本当に一瞬で、瞬きが重なれば見落としていたろう些細な変化だったけれど、小さなSOSに気づいてしまったからには見逃せない。

「どーかした？」

さりげなく先を促すと刹那は一呼吸置いてから、いままでになく完璧《かんぺき》な笑顔を浮かべてみせた。

「や、たいしたことじゃないんだけど、ここ一ヵ月くらい義継の顔見てないなぁって」

「ああ、兄貴なら大阪《おおさか》に出張って聞いてるよ」

「——そっか」

旦那の所在をその弟に訊かなければ知れない現状を憂《うれ》えてか、刹那は意識していないだろうがわずかに顔色に翳《かげ》りが差す。もう何度、この不安そうな面差しに見ないふりしてきたことか。

「月末には帰ってくるってさ」

「そう。携帯繋《つな》がらなかったから、ちょっと心配してたんだ」

「仕事に夢中で忘れてんじゃねーの、充電」

「有り得るね。義継のことだから」

「そーそ。あの人、まじ天然入ってるからさぁ…」

光の加減か、いつもより白く見える面立ちが俯《うつむ》いて笑うのを数秒見つめてから。

「んじゃ、またあとで――」

憂色めいた美貌から目を逸らすと、俺は足早に研究室をあとにした。


「兄さん」

「ん？」

L字型の角を曲がったところで、ふいに前方から声をかけられる。俯けていた視線を持ち上げると、廊下の柱に背もたれるようにして中等科の制服が一人佇《たたず》んでいるのが見えた。

「何だチカか。どーしたよ、こんなとこで」

「待ってたんだよ、ヒデ兄をね」

「俺を？」

かれこれ数ヵ月ぶりの顔合わせだろうか。

久しぶりに見る弟の顔は、どことなく精悍《せいかん》さを増しているように見えた。中学も二年次ともなれば成長期の真っ盛りだ。体のあちこちが大人への変革で忙しい時期だろう。目測での身長はまだまだ俺の方が上だが、数年先の未来まではわからない。

燃え盛る炎を思わせるような赤蘇芳《あかすおう》の髪に、明るいエメラルド色の瞳――。

癖のない真っ直ぐな赤毛を昔は羨ましく思ったこともある。顔立ちもわりと対極をいっていて、俺の吊り目や薄い唇という淡白な顔立ちを爬虫類《はちゅうるい》にたとえるなら、弟の丸い瞳やはっきりとした顔立ちは小さいながらも利口そうな子鹿のようだった。まあ顔立ちが可愛《かわい》いわりに性格は淡白で、妙に大人びていたりもするのだが…。纏う雰囲気は冬の月のように、冷えて冴え冴えとしたものがある。

兄弟のうちではこの三男の泰邇《やすちか》が、一番父親の血を濃く継いでいた。顔立ちにしても、能力にしても——。体質的にも似ているとしたら、俺が追い越されるのは時間の問題だった。

「やっぱり刹那さんのところにしけ込んでたんだね」

「シケ——…おまえね、中坊がそんな単語使ってんじゃねーよ」

「よく言う。自分の中学時代を棚に上げる気？」

「あー…あれは若気の至りっていうかね」

今日はよくよく耳に痛い台詞《せりふ》を吐かれる日である。

高校生活はまだはじまって数ヵ月なので、確かにそういう意味で一番爛《ただ》れていたのは中学時代ということになる。そのへんの内情をほとんど知られている泰邇には、兄として少々頭の上がらない部分もあったりするのだが——いや、それはそれ、コレはコレという話だ。

「おまえは俺を反面教師に生きろよ。チカまで色に狂ったら、親父が発狂する」

「ご心配なく。俺は兄さんたちと違って道を踏み外したりはしないんで」

「そりゃ頼もしいね。で、用件は？」

歩きはじめた泰邇の歩幅に合わせてその隣を歩く。

　こうして並んでみると、たった数ヵ月だというのに劇的に身長差を縮められているのがよくわかった。泰邇の場合は母親もかなりの長身なので、そういった相乗効果もあるのかもしれない。対して俺と兄の生みの親は、一五〇センチにも満たない身長なのだ。

「曽我部先生から伝言だよ。午後の講義は出なくていいから、研究室の方に顔出せってさ」

「は？　って、何でおまえがそんな…」

「部活の顧問なんだよ、曽我部先生。朝練の時に頼まれたんだ」

「顧問。へーえ」

　意外な繋がりに思わず感嘆の声を上げながら、俺は午後の憂鬱《ゆううつ》が一つ減ったことに安堵を覚えていた。曽我部自体はそう話のわからない男ではない。何の足しにもならないような講義に参加させられるくらいだったら、あいつの愚痴を直接ぶつけられてる方が何倍も気が楽だ。それにしても意外だったのは曽我部と泰邇との関係性だけではない。

「つーかおまえ、部活なんかやってたんだな。何部？」

「剣道部。……ていうかヒデ兄にこれ言うの、五回目なんだけど」

「ウワーオ、まじで？」

　そう言われれば以前にも聞いたような気がしないでもない。体が鈍らないようにと剣道で心身ともに鍛えているのだと。それに対して「おまえってクソ真面目だよな」と冷やかしたような覚えもある。どうやら二人の兄の奔放《ほんぽう》さと怠惰さは、しっかりと末弟の反面教師になっているようだ。

「ま、べつにいいけどね。兄さんは俺に興味ないんだもんね」

そこで足を止めた泰邇が、ジトーっとした目つきでこちらの顔を見上げてくる。

(やれやれ、可愛い弟だなぁ…)

俺よりも数段明るく発色のいい赤毛の隙間から覗く、冴えたエメラルドの虹彩。その表面にありありと不審の色を浮かべながら、泰邇がハッと短く息を吐いた。

「ヒデ兄の世界は刹那さんを中心に回ってるんだもんね。俺なんかの入る余地はないよね」

「そんなわかりやすく拗ねられても困っちまうな。今度一緒に風呂でも入るか？」

ハッハーと両手を広げたところで、わりに本気の突きが俺の鳩尾《みぞおち》を狙ってくり出された。反射神経が少しでも悪ければ、確実に食らっていたろう強烈な一撃だ。

「おーまーえーな…」

咄嗟《とっさ》に身を引いたおかげで弟の鉄拳からはどうにか逃れられたが、そのせいでもつれかけた足が脱げた上履きを間抜けに廊下のど真ん中に置き去りにしてしまう。

「過激なスキンシップはたいがいにしとけー？」

そう軽く窘《たしな》めながら、三歩ほどの距離を仕方なく片脚飛びで移動する。その間中、泰邇の冷ややかな視線が痛いほどに注がれているのを感じながら、俺は内心だけで派手に溜め息をついた。

(こいつも扱いにくい年頃になってきたな…)

こちらの三文芝居に流されてくれてた頃は楽だったよなぁ、とつくづく思う。

けっきょくはまた今日も、あの話に終始するのだろう――。そう予測したとおり、俺が上履きを引っかけて戻ると泰邇は冷めた目つきのまま、妙に大人びた仕種で両腕を組んだ。

「誰が兄弟の触れ合いを求めてるって？　ヒデ兄はそうやって、いつまで俺を子供扱いすれば気が済むのかな。いいかげん対等に見てくれてもいいいんじゃない？」

「対等って？」

「俺とヒデ兄のどっちが『蠍《さそり》』にふさわしかったのか、そろそろハッキリさせておこうよ」

（ホント蒸し返すよなぁ、こいつ）

ことあるごとにその点を追及してくるのが、ここ数年の泰邇の言動パターンだった。

古閑の能力にはいくつかの「型」があり、その者の魔力や資質によって継げる能力も違ってくる。その数種ある型のうちでも、もっとも資質や才能を問われるのが『蠍』の型だった。一族のうちでも花形とされる『蠍』を継げる者はそう多くない。なぜなら蠍は「暗殺の型」とされているからだ。

こちらを静かに睨《にら》みつけている泰邇の、シャツの首許から覗いている小さな蠍。

その刺青自体が毒物で彫られていることを、たいがいの魔族なら知っているだろう。女流系統が主とされるウィッチの中で、唯一に等しく「男子のみに能力が宿る」家筋として、古閑家の名は長きに亘《わた》ってこの魔族界に流布《るふ》しているのだ。通常では知られざる、その能力の功績においても――。

古閑家の男子は生まれながらにして、さまざまな毒物への抗体を持っている。だがその強弱にはかなりの幅があり、どの型を継げるかはまずこの抗体の差によるところが大きかった。次に魔力や才能が問われるのだ。そのすべてをクリアしていると判じられた者だけに許されるのが『蠍』であり、泰邇の場合は桁《けた》外れの抗体の強さから、蠍の中でも最高ランクとされる『蠍使い《デスストーカー》』の通り名が与えられていた。言うなれば一族のヒエラルキーの頂点だ。

もしいま泰邇が蠍を具現化して俺の体に毒を仕込めば、俺はたちまち命を落とすだろう。それほどに泰邇の能力は高い。対して俺の与えられた『蛇』はといえば、型の格としては『蠍』に次ぐ二位の型だが、相手を死に至らしめるほどの毒を「扱えない」者が継ぐ型とも言えた。

(要するに永遠の二番手、ってとこ)

誰が見ても自分と泰邇の差は歴然としているにもかかわらず、泰邇はなぜか正式に『蠍』を継いだいまも、俺の方が自分より強い力を持っていると思い込んでいるのだ。

「だーからいつも言ってんだろ？　俺はもう蛇を継いでんだし、おまえは蠍として認められてんだぜ？　これ以上の答えがあるかよ。おまえが俺より上、それでいいじゃねーかよ」

「全然よくないよ。父さんだって本当は俺じゃなくて、兄さんに『蠍』を譲りたかったはずなんだ。それなのにジイさんが…」

「まーたその話か。んなの、誰からも聞いた覚えないっつーの」

(誰に与太《よた》話を吹き込まれたんだかな…)

深く息をつきながら肩を落とすと、泰邇が片目だけを眇めて歪《いびつ》な笑みを浮かべた。

「本当のことだよ。親戚連中なんていまだに集まるたび、陰でコソコソ言ってるんだから。兄さんの方が蠍にふさわしかったんじゃないかって。『蠍使い』の名は俺のものじゃないってね」

「それはアレだろ、俺がうっかり中一でルーク取っちまったからだろ？　あんなんビギナーズラックみてーなもんだって。何度言やわかんだよ」

この学院において、在学中のみならず卒業後までも物を言うのが「能力別階級制度」というものだ。チェスの駒になぞらえられたその階級グレードは、上から順に「K〈キング〉」、またはQ〈クイーン〉」「R〈ルーク〉」「B〈ビショップ〉」「N〈ナイト〉」「P〈ポーン〉」とランクづけられている。年に二度行われる昇級試験の結果によっては昇格、または降格するこのランクが、グロリアにおいては家柄の次に重視されるのだ。

泰邇の襟元に留められた二つの記章のうち、一つに目を留めて俺は少しだけ目を細めた。学年とクラスとを表すローマ数字の彫られた記章と、その隣で金色の輝きを放っているデコラティブにデザインされた、アルファベットの「R」。同じものがいま、自分の胸にも留まっている。

「俺はこの春、ようやくルークになった身だからね」

この場ですっかり立ち話をする気なのか、泰邇はトンと柱に背を預けるとこれみよがしに胸のアルファベットを摘《つま》んで持ち上げた。廊下の照明を受けて「R」が鈍い反射を返す。

「親戚は皆、まだヒデ兄の方が上だと思ってるよ」

「言いたいやつには言わせときゃいいんだって。だいたいおまえの腕ならキングもすぐだろ。高校に上がりゃソッコウなんじゃゃね？」

「それまでの一年半、ずっと陰口叩かれてろって？」

自虐めいた自嘲で口許を歪めながら、泰邇がすっと顎《あご》先を持ち上げる。

（それ、親父のよくやる癖だな）

顔立ちが似ている分、同じ仕種をされるとまるでミニチュアのようにも見えてくる。日常の癖が移るほどに泰邇が父親に傾倒していることは知っている。父親もまた、泰邇には特別な期待をかけていた。そうでなければ一人だけ手許に置いて育てたりはしなかったろう。兄と自分は初等科の時点で京都の家を追い出されたのだから――。経験のためにと中等科から東京の親戚に預けられるようになった泰邇には、いまも父親の手厚いバックアップがついている。

（俺らなんて、中学からほぼ自活状態だったけどね）

とはいえ、泰邇の焦りもわからないではない。『蠍』の場合、人の生死にかかわる能力のため倫理的な面での成長がまず重んじられる。他の型よりも数年遅く、実施鍛錬のスタートが定められているのだ。

彫られた蠍も首筋の一体のみで、父親の許可なく発動することは許されていない。むしろそんな状態でルークまで手に入れた泰邇の努力や資質を、評価する向きも一族には多い。というより俺に肩入れする者などほんの一部にすぎないのだ。それは泰邇もわかっているだろう。

自身の十六度目の誕生日、それが泰邇のスタートラインだ。

（だーからいまのうちに遊んどけって言ってんのに）

高校からは制約が急激にきつくなる分、泰邇には中学での自由がある程度保証されている。部活動がそのいい証拠だった。中学から仕事をはじめた俺と兄にはそんな猶予《ゆうよ》は許されなかったのだから。

まあ、あったとしても健全に部活なんかに励んでいたとはとても思えないのだが——閑話休題。

世辞や言い逃れの誤魔化《ごまか》しではなく、泰邇なら高校進学と同時にキングの称号もすぐに手に入れられるだろう。それだけの才が確かにある。そうでなければ父親も『蠍』を譲らなかったろうし、それ以前に気紛《きまぐ》れや酔狂《すいきょう》で型の後継が決められるほど甘い世界ではないのだ。とはいえ。

(俺ん時は若干、ジーさんの気紛れっぽかったけどな…)

泰邇の時はきちんと親族会議を開いて『蠍』の後継について審議したらしいが、俺の時は祖父の独断によるところがほとんどだったと聞いている。それでもやはり、自分が『蠍』に足る才覚を持っているとは思わないし、継ぎたかったとも思わない。自分の性分には『蛇』が一番合っていたと心底思っている。だから現状が何よりもベストだと思っているのだが——。

どうしてか、泰邇は引き下がらない。

「兄さんなら中等科でキングを取っててもおかしくなかったのにね。ルークを取って以来、昇級試験でいつも手を抜いてるの、バレてないとでも思った？　試験官の先生もそれわかってるから、ルークから降格させないんでしょう？」

「そんな覚えねーけどなぁ」

「この期に及んで白を切る気？　ヒデ兄の魂胆くらい父さんだって知ってるよ。キングを取ったらアカデミーに連れてかれるから、ずっとルークに留めてるんだよね」

弟にも見透かされるほどの浅はかな意図だ。こちらの腹積もりを父親が知らないはずがない。それでも何も言ってこないのは、それが交換条件になっているからだ。

(そのための代償は払ってるもんな)

無言で両手を広げてみせると、泰邇は嫌なものでも見たように即座に顔を顰《しか》めてみせた。

「一時期はヒデ兄も目が覚めたと思ってたのに…。最近はすっかり元どおりだね」

「おかげさまで」

「そんな不毛な恋、いつまで続ける気?」

「そりゃお子様には言えねーな」

わざとそんな口上で締め括《くく》ってやると、泰邇が呆れたように鼻から息を抜いた。こちらの思惑などお見通しだとばかり、エメラルドの瞳を胡乱《うろん》げに瞼で半分にしてみせる。

「悪いけどそのテには引っかからないよ」

(可っ愛くねーなぁ、こいつ…)

『年の違いを盾に取られて、カッとなるうちはお子様ってこと』

以前、刹那に言われたことを思い出す。冷静な弟の反応を見ていると自分の方がよっぽど子供なんじゃねーかという気がしないでもないのだが、いや、それだけかける情熱が違うのだと思いたい。

「……てか、情熱て」

自分の思考回路に思わず突っ込みを入れてしまう。

「何？」

「や、俺も青春してるなぁと思ってさ」

「意味わかんないし…」

泰邇が顔を顰めてますます苦渋するのを笑って眺めながら、俺は妙に晴れやかな気持ちで前に歩き出した。ちょっ…と慌てたように泰邇があとをついてくる。

（青春は一度きりって言うもんな）

なら心底楽しまなければ勿体《もったい》なさすぎる。——ごちゃごちゃ考えていても進展する事態はないのだ。考える前に走れ、がモットーの友人をたまには見習ってもいいのかもしれない。

「人の話聞いてた、兄さん？」

「おまえもいい加減、本題に戻れよ。わざわざ愚痴言いにきたわけじゃねーんだろ？」

速めのスライドで廊下を進みながら、残り少ない時間を示すように前方に迫ってきた校舎の終わりを指差してみせる。

俺に絡んでフラストレーションを発散したかったのも多少はあるだろうが、残念ながらいまはタイムリミットが迫っている。素行不良の兄と違い、品行方正な弟はこのあとに講義が控えているわけではないだろうが、朝練に出るほど熱心に打ち込んでいる部活動があるのなら、昼休み後もその活動が予定されていると考えるのが普通だ。

観念したように泰邇が声のトーンを落とした。

「――わかったよ。正直、ランクの話も親戚連中もどうでもいいんだ。俺は自分が『蠍』にふさわしいって信じてるからね。ただそれをこの目で、体で確信したいだけ」

「それで俺にどうしろって？」

「勝負してよ、一対一で」

「おまえバカ？　身内の私闘はご法度《はっと》なんです。バレたら俺もおまえもただじゃ済まねーよ」

「兄さんが言わなければ誰にもバレないよ」

「俺は言うぜ。何せ臆病《おくびょう》者だからな」

そこでちょうど、研究棟と本校舎とを繋ぐ細い渡り廊下にいきあたる。俺の対応に業を煮やしたように、泰邇が低く挑発を吐き出した。

「へーそう。俺が怖いんだ――？」

（お。この辺はまだ、年相応の浅はかさってやつか）

泰邇がお膳《ぜん》立《だ》てしてくれたチェックメイトに、俺はありがたく乗ることにした。

「いーなソレ。んじゃ今後はそーいう方向でよろしく？」

意識して唇の両端を持ち上げてから、「じゃーな」と顔の横でヒラヒラと片手をひらめかせる。そのまま振り返らずに研究棟の二階へと続く階段に向かうと。

「――卑怯者」

そんな捨て台詞を俺の背中に投げつけてから、泰邇は足早に本校舎の方へと去っていった。

「はいはい、何とでもどーぞ」

スラックスのポケットから携帯を取り出して時間を確認する。これから昼食を取って部活に赴くとすればギリギリの時間だろう。そんな先約でもなければまだまだ食い下がっていたろう弟の性格を思うと、やれやれと知らず嘆息《たんそく》が零れる。

それにしても一日に二回も卑怯者呼ばわりされるとは、今日は星の巡りが悪いのかもしれない。

パチンと折り畳《たた》んだ携帯を元のようにポケットに滑り込ませようとしたところで、ふいにメールの着信音が鳴った。もう一度開いて確認したところで思わず頬が緩む。

『久しぶりにミツの作ったオムレツが食べたい』

刹那は酒宴の席では、ほとんど酒以外のものを口にしない。そもそも食自体に関心が薄く、放っておくと一日一食も食べなかったりするので、身を案じて以前にも何度か料理の腕を揮ったことがある。自慢できるほどの腕ではないが、いちおうレパートリーは二十種近い。

「了解、っと」

その旨の返信を素早く打ち込みながら、俺は足取りも軽く三階の曽我部の研究室を目指した。

2

夏の夜の帳《とばり》も、すっかり降りきった午後十時――。

閉店間際のスーパーでどうにか必要な食材を買い揃えると、俺は一路、中目黒《なかめぐろ》にあるマンションへとバイクを走らせていた。

（ったく、あのオッサンは…）

こんなに遅くなる気はなかったのだが、曽我部のおかげでずいぶん慌ただしいスケジュールとなってしまった。刹那が親睦会から戻るのは早くても十一時前後だと思われるが、その前につまみの下拵えくらいは済ませておきたい。

あれから、研究室を訪ねるなり曽我部はすでに用意していた将棋盤を指差して「男の勝負」とやらを持ちかけてきたのだ。前回、俺が勝ち逃げしたことをよほど根に持っていたらしい。勝負を受けないと内申がどうなっても知らないぞ？　とまで凄まれたのだから相当だ。

かくして俺は脅しに屈した。――まあ、わりと嬉々としてだったけど。中等科での三年間、担任だった曽我部とはよくあの部屋で将棋を指した思い出がある。結果は七割方が俺の勝ちで、自分が勝たない限り勝負を終わらせようとしない曽我部には、ずいぶん難儀させられた覚えもある。

今回も笑えるほどに同じパターンで、曽我部が満足する勝利を収めるまで俺は研究室から出してもらえなかったというわけだ。その見返りというわけではないが、遅い昼食として三時すぎに気前よく出前寿司を取ってくれたので、昼食代が浮いたのはありがたかったけれど。

（にしても、傍迷惑なオッサンだよな…）

男の勝負からようやく解放されて研究室を出たのが九時近く。これから親睦会に出向くのだという曽我部とは門の前で別れ、俺はすぐさまバイクで近所のスーパーへと向かった。利那の家に食材があるとは思えないので、オムレツと簡単なつまみの材料を適宜《てきぎ》にピックアップしてレジに向かったところで――一度だけ携帯が鳴った。

「刹那さん？」

液晶に表示された刹那の名前に慌てて出るも、タイミングが合わなかったのか「ツ――…」という音が応えるばかりで、慌ててかけ直してみるも繋がらなかった通話。

（何か急用でもあったのかな…）

電波が入らない旨を伝えるアナウンスを数回聞いたところで、諦めて用件を問うメールだけを送っておいたのだが、そのメールへの返信もないうちに、俺は兄たちが住んでいるマンションに到着してしまった。駐輪場にバイクを停め、慣れた手順でエントランスのゲートを開いて刹那の住む七階を目指す。ここにくるのも数ヵ月ぶりだな…と、ふいに懐かしい気分が込み上げてきた。

高等科に上がる前は、もっと頻繁《ひんぱん》にこの部屋を訪れていたのだ。ヒートのたびにバカ正直に申告しては刹那の教授を乞《こ》うていた。そんな慣習が身についたのはかれこれ何年も前の話だ。

（最初はただの気紛れだったんだろうな、あの人も…）

ポーン、と軽い音を響かせてエレベーターが七階に到着する。ガサつくビニール袋を右手に、俺はブーツの踵を鳴らしながら廊下の一番奥の部屋へと足を向けた。

たまにホテルを使うこともあったが、概《おおむ》ねはこの部屋での逢瀬《おうせ》だった。もしかしたら夫である兄よりも、自分の方がこの道程を往来した率は高いかもしれない。それほどに兄の義継は仕事での出張に日々明け暮れているのだが、そればかりが理由というわけでもない。

「あー…お邪魔しまーす」

ポケットから出した鍵で開錠《かいじょう》したドアをそそくさと潜る。慣れた手つきで明かりを灯して靴を脱ぐと、俺はすぐにキッチンに向った。まずは買ってきた食材を冷蔵庫の中に収める。見事にビールしか入っていなかった中身に苦笑してから、俺は自分用に買ってきた缶コーヒーを手にひとまずリビングのソファーに腰を下ろした。

壁に据えつけられた秒針のない時計は十時半を示している。バイクを飛ばしたからか、思っていたよりも早く着くことができた。学校を出てからずっとノンストップで動いていたので、俺はその分の猶予をしばしの小休止にあてることにした。

「——やれやれだ」

カシッ、というプルタブの音が簡素な部屋に響いて聞こえる。いつきても最低限の家具しかない、シンプルな部屋だ。だが調度品はどれも何気に凝っている。誰の趣味かなんて聞くまでもない。

（兄貴はインテリアなんて興味ねーしな）

有名デザイナーの手によるものだというこのソファーも、機能よりもデザインを重視したというだけありクッション性がまるでない。長時間座るには向かない種類だと思われるのだが……いや、まともに「腰かけた」覚えがほとんどないのでそれが真実かはわからないけれど。

このソファーでも何回ヤッたか知れないな、と思う。さっきの玄関、風呂場やキッチンでも――。

爛れた中学時代の舞台は凡《およ》そがこの部屋だったから。

兄の嫁である刹那とそういう関係になったのは、俺が最初の発情期《ヒート》を迎えた十歳の秋のことだ。

初めての衝動に煽られて、どうしようもなくなっていた俺に見かねた刹那が手ほどきをしてくれたのが最初だ。当時は兄と祖父の家で二人暮らしをしていたのだが、ちょうどその日は兄が不在で「子供一人では無用心だから」と、保護者代わりに兄の「婚約者」だった刹那が家に泊まりにきていたのだ。幸か、不幸か――。

刹那にしたら軽い気持ちでの奉仕だったのだろうと思う。人助けだとすら思っていたかもしれない。それ以来、慣わしのようになっているヒートごとの蜜事を、刹那が拒むことはなかった。

（まるで肉欲に溺《おぼ》れてるように見えたろうな）

そう思われていても構わないと思っていた。むしろ好都合だ。そうすればあの人も気兼《きが》ねなく自分を利用できるだろうから。

『ミツって顔は義継に似てないのにね』

きっかけは何であれ、その後の誘いを断られない「決定的な理由」を俺が知ったのは、三度目のベッドでそう言われた時だ。

『俺はジーさん似らしいからね。兄貴は母親似ってとこかな。刹那さんは？』

『僕は母親似。——ねえ、ベッドでは刹那って呼んでよ』

最中に請われるたびに、俺は何度だって名前を呼んだ。誰かみたいに呼び捨てにした。そのたびに悲しそうな嬉しそうな、辛そうな顔をする刹那に堪らなくなって、俺はいつからか目を瞑《つむ》ってあの人を呼ぶようになった。

早い声変わりを恨む間もなく、俺はあっという間にあの人のすべてに溺れていった。声だけじゃなくて兄に似てる部分がもっとあれば結果は違ったろうか？　いや、そう大差はなかったろう。六つの年の差はどうしようもない溝として、あの人と俺とを隔てていた。

弟が自分の妻とそんな関係になっていることに、兄はいまも気がついていないに違いない。兄はとにかくそのテのことに疎いのだ。というよりも、すべてのことに鈍いというべきか。

空気が読めないにも程がある、それが総じて周囲の者が兄に抱く感慨だった。

（ホントにね…）

昨日になってパソコンに舞い込んできた、兄からの能天気なメールを思い出す。今日はその件についても、刹那に話さなくてはいけないと思っている。限りなく、気は重いのだけれど——。

「う、さみ…」

ぬるい外気温に慣れていた肌が、見れば室内の冷気にあてられて汗濡れたシャツの中で粟立っていた。俺がくるまでは無人だったというのに、不経済にもガンガンに効かされていた冷房――。そういえば兄は暑がりだったなと思い返しながら、俺はリモコンで二度ほど設定温度を上げた。兄と違って利那は寒がりなのだ。

（いつ帰ってきてもいいように、ってことか）

相変わらず刹那の世界は、あの兄を中心に回っているのだと実感する。

その事実をこうして目にするたび、何度でも飽きることなく胸が痛くなるのには我ながら苦笑を通り越して失笑といった気分だ。いい加減慣れてもいい頃合だろうに。

刹那の伴侶《はんりょ》である義継がこの家に帰ってくることは滅多にない。『古閑』の仕事であちこちを飛び回っているせいもあるが、義継自身に妻帯者であるという自覚がないのが何よりの原因だった。

無二の親友――義継はいまも刹那のことをそう思っているだろう。

（親友か…）

灰色の革張りの座面に、等間隔で打たれた鋲《びょう》。それを指先で辿っていると、この上ですごした記憶が一つ二つと蘇《よみがえ》ってくる。際どい思い出の数々が、体に火をつける前に俺は缶コーヒーを飲み干してキッチンに戻った。

ヒートの衝動ともすでに数年来のつき合いだ。どうすれば無難にやりすごせるかも、もうわかっている。刹那の世話になる理由など身体的には一つもないのだが――心はまたべつだ。

「……何だ、こっちくると暑いじゃん」

キッチンに入った途端、体感温度が急に上がった気がして、ここはクーラーの死角になっているのだろうかと些細なことを訝《いぶか》しむ。だが。

（あ、ヒートのせいかコレ）

リモコンを取りにリビングに戻った方がより暑く感じた時点で、これは自分の体温が上がってきているせいなのだろうと判じる。さっきまでは鳥肌立っていた肌がいまはもう汗ばみはじめている。

ヒートの性衝動は昼よりも夜の方が圧倒的に強くなる。小休止は失敗だったかな…と苦く思いながら、俺はキッチンに戻り、冷蔵庫から取り出した材料をカウンターに並べた。

人間にはないこの「発情期」という体内機構、これも魔族だけの特徴に挙げられる。

これは三種の血統に共通するシステムで、基本的にその期間に性行為に及ばなければ妊娠することはない。要はその期間中だけ慎重になれば、あとは快楽のみを追求するセックスに溺れていられるというわけだ。ヒトと比べて、格段に節操や貞操観念といったものが魔族にないのはこういった体質によるところも大きいのだろう。

通常、魔族は十歳から十三歳までの間に成熟を迎え、その証《あかし》である発情期を経験する。

一回のヒートは一週間から十日ほど続き、その周期は個体にもよるがだいたいが一ヵ月から三ヵ月に一度のペースで巡ってくる。このヒートを迎えて初めて、魔族は一人前と認識されるのだが、なぜか半陰陽の場合だけは、十六の誕生日にならなければ成熟体に移行することがない。一つの体に二つの性を併せ持つには、体もそれだけの準備期間が必要となるのかもしれない。

とはいえ魔族の半陰陽は、一般的な両性具有の概念とは少し異なる。「精巣機能を具えた雌体《したい》」と「卵巣機能を具えた雄体《ゆうたい》」この二種に分けられるのだが、どちらも外観やほとんどの機能は基本とする性別に寄っているので、一見しただけで判断することはできない。そのうえ他性の機能が働くのもヒート期間中のみ、それもある一定の条件をクリアしないと発動できない仕組みとなっているのだという。

割合で言えば、半陰陽は魔族の一パーセントにも満たない。学年に一人二人いる程度だろうか。

なぜかそんな存在が身近に三人もいたおかげで、気づけば俺の半陰陽に対する知識だけは深くなっていたのだが…。一人とは親戚兼友人として、もう一人とは幼馴染の女友達として、そして刹那とは義兄としていまもつき合っている。

(義兄弟なんて範疇《はんちゅう》、とっくに超えてっけど…)

湯剝《ゆむ》きしたトマトを手早く角切りにしてからボウルに移す。その上に千切《ちぎ》ったモッツァレラチーズを散らしてから、ラップをかけて冷蔵庫に戻したところで。

「お」

缶ビールの奥にあった地味なチューハイの缶に目がいく。ザルに近い刹那と違い、兄は酒に強くない。だがその銘柄《めいがら》だけは気に入っているのだと、いつだか話していたのを覚えている。

ビールに比べてチューハイの缶が少し古びて見えるのは、それだけ義継がこの冷蔵庫を開けていない証拠だろう。帰ってきたからといって毎回飲むわけでもないだろうが、兄がいつ飲みたくなってもいいように――。

「はいはい、次はドレッシングの調合っと」

名状しがたい感情が胸に細波《さざなみ》を起こす前に、俺はわざとらしいまでに明るい独白で淀《よど》みかけていた気持ちを切り替えた。

(それにしても)

メガネから教わった秘伝のさっぱりドレッシングをホイッパーで掻き混ぜながら、包丁にしろまな板にしろこの家には宝の持ち腐れだよなぁ…としみじみ思う。ひととおりの調理器具は、刹那の兄である永遠《とわ》からの結婚祝いだったと聞いているが、はたしてそれ以降、自分以外の誰かがこの家の調理器具を使ったことがあるのだろうか?

(なさそうだよなぁ…)

古閑本家の長男である義継と、叶家の次男である刹那が、二年に及ぶ婚約の末に結婚したのがいまから四年前の話だ。

だがこの二人の婚約の経緯《いきさつ》を知る者は少ない。いや、そもそも婚姻自体を知る者が極端に少ないのだが、中でも真実を知る者は両家の関係者のうちでもほんの一握りしかいないだろう。

半陰陽の刹那が、十六で成熟を迎えた直後に起きた「一夜の過ち」――。

その責任を取って義継は刹那を嫁として迎えることになったのだ。すでに許婚《いいなずけ》がいた刹那を横から奪うような義継の行為に、叶家からはずいぶん非難を寄せられたと聞いている。だが同じウィッチでも古閑と叶では格が違う。最終的にはその違いを笠に着た古閑の圧力で、叶家を黙らせたと言われているが、そこまで望むのなら致し方ない…という諦めも叶の家側にはあっただろう。それほどまでに義継自身がこの婚約、ひいては結婚を望んだのだという。

恐らくはソレが関係者たちの知っている真実——だが、本当の事実はまた少し違ったりする。

兄は昔もいまも、親友のことをそれ以上の存在として見たことはないだろう。「一夜の過ち」にしても弾みのようなもので、ほとんど記憶にないのだとあとから聞いた。だがいくら鈍い義継でも、魔族界を取り仕切る暗黙のルールくらいは知っていたらしい。

多くの半陰陽は幼い頃から家に許婚を定められており、十六の誕生日を迎えた直後にその相手と婚約するのが義務だと定められている。己の欲望にはすべからく忠実に従うくせに、伝統やしきたりといったものには雁字搦《がんじがら》めに縛られているのが魔族社会なのだ。

しかもこと半陰陽に関しては、なぜか通常の魔族の婚約よりも厳しい制約が設けられている。成熟体に移行する年齢が問題なのか、それとも半陰陽自体がいまだにイレギュラーな存在としてヒエラルキーの頂点からは目されているのか。

十六でようやく成熟を迎える半陰陽は、それ以前の性交渉については不問に付す代わり、生殖が可能になった十六以降の「純潔」を強く求められるのだ。成熟後に許婚以外の者と性交渉を持った場合、その者には「疵物《きずもの》」の烙印《らくいん》が押される。刹那の場合がまさにそれだった。

――恐らく兄はそれ以前に、叶家の定めた婚約が刹那の意に染まないものであることを知っていたのだろう。「疵物」というレッテルが貼られた以上、それまでの許婚に見限られるのは確実だ。そういった場合、婚約相手のランクダウンは否めず、もっと悪辣《あくらつ》な条件のもとに嫁がされることもあるのだという。叶家ならばなおさらのこと。

親友をそんな目に遭わせて堪るか――と義憤に燃えた義継は思ったのだろう。

そんな思惑から刹那の身柄を強固に欲し、あっさりと手中にすることに成功したのだ。

兄としては人助けのつもりだったに違いない。だが、そういった向こう見ずで独り善《よ》がりなボランティアが実を結ぶことはほとんどない。刹那の手ほどきにしろ、兄の婚約進言にしろ。

(むしろ悪化することのが多いんじゃねーの…)

正式な婚約が決まった直後に、兄は笑って刹那のことをこう励ましたらしい。

『なーに、戸籍が変わろうとも俺たちはいままでどおり親友だ！』

空気を読むという概念自体をまるで持たない男だ。それはそれは朗《ほが》らかに、心から楽しげに刹那の肩を叩いたりしたんだろう。能天気な兄の笑顔が目に浮かぶようだ。

『好きな人ができたらそう言えよ？』

いつでも離婚しておまえを送り出してやる――、と。

いままでもことあるごとに兄はそんな台詞をくり返している。はたして刹那はどんな気持ちでそれを聞いているのだろうか。あくまでも形式的な関係、と互いに割りきっているふうを装ってはいるが刹那の方はそうではないことを俺は知っている、から。

（何で、誰も気づかないんだろうな）

他の誰でもない義継を選んで「過ち」を犯した刹那の心情を、そこまで思いつめるほどの恋慕の存在を、誰も彼もが見すごしているのだ。

「……って、気づくわけねーか」

他でもない刹那がそれを隠蔽《いんぺい》し、誰にも悟らせなかったのだから。

自分が気づいたのは、義継に似た弟というポジションにたまたまいたからだ。

『あのさ、断言してもいいよ。義継が僕を恋愛対象として見ることはない、この先一生ね』

だったら、親友のままで誰よりもそばにいたい。それがきっと六年前からの本音なのだろう。だがそんな虫のいい夢を現実にしてしまった代償として、刹那はいまも日々、胸に傷を負っているのではないかと想像する。

こんなガランとした部屋で一人きり、すごす日々が楽しいとはとても思えない。

（そんな弱音、誰にも吐かないだろーけど）

力になりたいと思った。本当は人一倍脆《もろ》くて臆病な自分を、誰にも見せまいと強がってみせる刹那の「内側」を垣間《かいま》見た時にそう思ったのだ。傷だらけのこの人を守りたい、と——。

（ま、もうフラれてんだけどねー…）

それでもそばにいることで少しでも何かの足しになるのなら、近くにいたいと思っている。苦しく重い胸中を、少しでも和らげられればいいと思う。

だから俺はこの『日陰の恋』に立ち戻ってきたのだ。

「青春は青春でもビターだな、こりゃ」

とびきりスイートな青春を送っている友人らがたまに羨ましくなることもある。というか、一度は日向《ひなた》の恋に憧《あこが》れ、明るい未来を築こうと画策した時期もあったのだが――完全無欠な王子様の登場で仮初《かりそ》めの思いはあっという間に霧散してしまった。でもおかげで再確認することができたのだ。胸に根ざしている、この思いの丈の深さを。やはり六年の恋心は伊達《だて》ではないのだろう。

『そういやおまえ、まだ叶の次男に懸想《けそう》してんのか？　不毛なやつだなぁ…』

弟に続いて曽我部にまでもそう言われたのを思い出して、思わず苦笑してしまう。

一日に二度も不毛認定を受けるとは、今日はよほど星の巡りが……って、そういや昨日見た雑誌の星占いで、今月の牡羊座《おひつじざ》はろくなこと言われてなかったっけか。金運も仕事運もほぼゼロの最悪っぷりで、恋愛運だけはなぜか満点だったのだが、いやいやそれは何かの間違いだろう。

己の恋が実ればいいとは思わない。報われたいとも思っていない。ただ力になれればいいと思っているのだ、刹那の幸福のために。

だがどうもそのスタンスが周囲の者には理解しがたいらしい。

（べつにいーけどね、理解者ゼロでも）

トマトサラダに続いて生ハムのマリネを仕込んだところで、下拵えは終了。途端に手持ち無沙汰になった時間をどうするべきか、思案しながら時計を見るとすでに十一時を回っていた。

「そろそろ帰ってくっかな」

取り立ててやることも思いつかなかったので、リビングに戻ってテレビのスイッチを入れる。今度はソファーではなくフローリングに直《じか》に腰を下ろすと、俺は持参したトルティーヤの袋を開けた。こちらも持参したサルサの瓶を開けて、三角形のチップを赤いソースに潜らせる。——と、そこで鳴り出した携帯を慌てて開くと、画面には利那の名前が表示されていた。

「もしもし?」

『あー、俺だ。曽我部だ』

思わず耳から離した携帯画面の表示を、もう一度まじまじと確認してしまう。

「つーか、何であんたが利那さんの携帯…」

『叶が酔い潰れたんだよ。自力で動けそうにないから迎えにきてやってくれ』

「酔い潰れた?」

ザルのあの人に限ってそんなことがあるだろうか? しばしフリーズした思考に喝《かつ》を入れたのは、続いた曽我部の言葉だった。

『おまえの兄貴、相変わらず空気読むスキルねーな』

「あ? それはどういう…」

『叶の同期で小浜《こはま》って新任教師がいんだろ。どうもアレと義継が大学の同期らしくてな。さっき義継から小浜に電話がかかってきたんだよ。俺にもついに春がきたんだって、電話越しでも聞こえたぞ、あのバカの浮かれきった声がな』

「――――」

『おまえはあいつから何か聞いてないのか？　叶は初耳だったらしくて絶句してたよ。ま、数秒でいつもの顔に戻ってたけど、内心は穏やかじゃねーだろうよ。それからのピッチが半端なかったからな。いやー、酒を飲む飲む飲む飲む…』

「ソコ、どこの何ていう店だっけ？」

手短に店の場所を聞き出すと、俺はすぐにマンションを飛び出した。


渋谷《しぶや》の居酒屋に着いた時点で、時刻は午前零《れい》時を回っていた。

「こっちだ」

入り口で待っていた曽我部に案内されて、入り組んだ店内の奥へと進む。個室ばかりが並ぶ賑《にぎ》やかな店内の中ほどまできたところで、俺は大橋の甘ったるい声を耳にした。

「大丈夫ですか、叶先生。立てないんなら俺が支えましょうか？」

「いえ、どうぞお気遣いなく…」

「おっと、危ない。こんな調子じゃ帰りの道中が不安だなぁ。私が家まで送っていきますよ」

見れば通路と個室とを隔てている簾《すだれ》越しに、ぐったりとテーブルに手をついている刹那に覆い被《かぶ》さろうとしている大橋の姿があった。咄嗟に部屋に殴り込もうとして、つかまれた首根っこを曽我部に引き戻される。

「おまえはここにいろよ、話がややこしくなる」

「けど…」

「いいから待ってろって。俺が穏便に連れ出してきてやっから」

中座していた詫びを述べながら入っていった曽我部が、さりげなく刹那と大橋との間に入る。不服そうな顔をした大橋に曽我部が何事か囁くと、渋々といった態《てい》で不埒《ふらち》な指が引いていった。

上気した頬にトロンと焦点を失った瞳、酔いのせいか唇までもを赤く染めた刹那の風情にその場にいる数人の目が釘付けになっているのがわかる。曽我部がいてくれてよかった…と俺は心底思った。

「元担任としちゃ、こーいう体たらくは見すごせねーな」

「やだな、何年前の話をしてるんですか」

曽我部の言葉に首を振りながら刹那が微笑する。口ぶりだけはちゃんとしているが、曽我部の手を借りないと立ち上がれないほどにアルコールが全身に回っているようだ。クスクスと大盤振る舞いされる笑みに大橋をはじめ、若手の教師たちが揃って脂下《やに》がった表情を向ける。

「ご家族が迎えにきてるぞ」

「迎え…？」

いまだに焦点の定まらない瞳がゆらゆらと室内を浮遊する。足許の覚束《おぼつか》ない刹那に肩を貸しながら、曽我部がようやくのことで通路まで出てきた。酔いに任せてふんわりと緩んでいた表情が、俺と目が合うなり急速に現実感を取り戻したように見えた。

「……ミツ」

「帰ろう、刹那さん」

意識は酔いから覚めても、体の方は思うように動かないのだろう。ふらついた体に駆け寄って手を貸すと、俺は曽我部から刹那の身柄を引き取った。

「じゃーな。気をつけて帰れよ」

すぐに踵を返した曽我部が、刹那に別れを告げようと大挙しかけていた野次馬連中を蹴散らす。その間に華奢な腕を取り首に回すと、俺は足早に個室を背にした。

（また軽くなったんじゃねーの…？）

一七〇ジャストの身長にしては体重が軽いと常々思っていたが、最後にこの体を抱いた時よりもさらに体重が落ちているのは明白だった。Vニットの中で緩慢《かんまん》な呼吸をくり返す胸も、以前より薄くなってきているように思う。服越しだというのに、支える腕に肋骨《ろっこつ》の感触がはっきりと伝わってくる。前よりもひどい食生活を送っているのかもしれない。

店を出てバイクを停めた舗道まできたところで、刹那が軽く身じろいだ。

「もう平気だから……離して」

腕を解いた途端によろめいた体がバイクに手をつく。思わず補助しかけた手を拒絶するように、刹那が緩く首を振った。

「大丈夫だから。もう少しすれば元に戻るから…」

「どっかで少し、酔い覚まししてく？」

「いい。ここでいい」

首を振り続ける刹那に「わかった」とだけ伝えると、俺はバイクに背を向けた。跨《また》いだガードレールに腰かけて、スラックスの膝を片方だけ伸ばす。

繁華街からは少し外れているおかげで、人通りはそれほどなかった。だが道を二本挟んだ向こう側はわりと賑やかなのだろう。往来をすぎゆく人の多さや、時折通りすがるタクシーのテールランプに目を留めていると、ふいに冷えた掌《てのひら》が背中に重ねられた。

「………」

じっと無言のまま、刹那の気持ちが落ち着くのを待つ。

アルコールで火照《ほて》っているだろう刹那の手が冷たく感じられるほどに、自分の体が発熱していることを知る。ともすれば騒ぎ出しそうな衝動から目を逸らし、俺は自分のブーツの爪先《つまさき》を見つめた。

スーパーでの刹那からの着信——あれはきっと「知った」直後のことだったのだろう。

（あの時、電話に出られてたら…）

事態は少しでも違っただろうか？　この人もここまで傷つかずに済んだ？

（いや、きっと変わんねーな）

そうわかってしまう虚しさを噛み締めながら、俺は溜め息をつく代わりに口笛を吹いた。咄嗟に選んだメロディが場違いなほど明るくて、しまったな…と思いつつ——それでも続ける。

好きな人ができた、と兄に聞かされたのが先月の初旬くらいだったと思う。

これまでにも何度かそんな話を聞かされたことはあるが、いままでとは熱の入りようが違ったので兄の昂奮した様子にずいぶん面食らったのを覚えている。

『初めて伴侶にしたいと思う人に出会えたよ！』

臆面もなく笑いながら、はにかみながら。嬉しそうに、照れくさそうに兄はそう言った。

初めは一方通行な思いだったらしい。それが知らぬ間にずいぶん進展していたことを、俺も兄からのメールで昨日知ったばかりだったのだ。そのニュースが刹那の耳に入る前にワンクッション置きたいと思っていたのだが——。どうやらあの調子であちこちに吹聴《ふいちょう》して回っているようだ。

（失敗したな…）

恋愛に関しては父親に似たのか、義継は慎重派で衝動に流されるということがない。そんな兄が恋に落ちるとわりと長引く傾向があるのだが、あの性格だからか、相手に受け入れてもらえないことがほとんどなのだ。もしくは短期間でフラれる。豪胆で気さくな人柄のおかげで友人はやたらと多いのだが、こと恋愛に関しては不器用な男なのだ。

『ありのままの俺でいいなんて初めて言われたよ』

などと、浮かれきったノロケが延々続くメールにはずいぶん辟易《へきえき》とさせられたが、どうやらお相手の女性は義継をしのぐほどに豪胆でざっくばらんな性格をしているらしい。あの義継のことだ、利那のことも包み隠さず話したに違いない。古閑家の非常識な「家風」についても懇々《こんこん》と説明したのだろう。そのうえで義継のことを選んでくれたというのだから、確かにそれは待ち侘《わ》びていた「春」だ。

(兄貴にとってはね)

いままでも義継の恋愛騒動は何度かあったが、こんなふうに明るい結果を聞くのはこれが初めてだった。その辺の違いを、利那も義継の声から感じ取ったのだろう。ややしてから、利那の体重が背中に預けられた。

項に利那の髪が触れる。肩甲骨《けんこうこつ》の間に額が押しつけられるのを感じながら、俺はもう二度ほどこの場に不似合いなハッピーチューンをくり返した。

「ねえ」

旋律が途切れたところで、背中に熱い吐息を感じる。

「嘘だって言ってよ…」

声がところどころ掠《かす》れているのは酒のせいなのか、涙のせいなのか。

「——嘘だよ」

「本当に?」

「俺が好きなのは利那だけだよ」

気休めにもならない嘘を、ベッドの上にいる時と同じように囁く。

利那の両手が、シャツをつかんだままキュッと握られた。

「――――……っ」

速い呼吸が熱い吐息を何度も背中に押しつける。その間隔が間遠になるまで、俺はひたすらブーツの先に視線を留めていた。

（俺もたいがい不器用だよな……）

今度は口笛ではなく鼻歌でも口ずさもうかと思ったところで、ようやく規則的になった鼓動が背中を通して伝わってくる。やがて堪えきれなかったように、刹那がクスリ…と小さく笑った。

「あのさ、そこまで言ったら逆に嘘くさいよね」

「あー…しくったか」

「ゴメン、ありがとう」

あらかじめ用意していた台詞のように淀みなく告げてから、刹那が一歩後退する。密着していた人肌を急に失ったからか、背中にあたる夜風がやけに冷たく感じられた。

「――帰ろっか」

「アイアイサ」

刹那の一言でバイクに跨り、キックスタートでエンジンをかける。バイクや周辺の用品を揃えた時に、後部座席用にと買ったヘルメットを渡すと刹那が少しだけ目を丸くした。

「そういえば免許取ったんだったね」

「あれ、初お披露目《ひろめ》だっけ？」

「うん。これからは終電なくなっても心配いらないってことだよね？」

「……お手柔らかに願います」

フフ…と不敵に笑ってから刹那が背後に回る。ヘルメットを被りゴーグルをはめたところで、後部に座った刹那の手が前に回ってくる。その手がまだ少し震えていたことには気づかないふりで、俺はすぐにバイクを発進させた。

3

『ミツの思いには応えられない――』

そう言ってキッパリとフラれたのは、中等科の中頃のことだ。

親友という己の立場と自分の思いとの狭間《はざま》で傷つくばかりの刹那を見ていられず、つい衝動的に口にしてしまったのだ。

『こんな関係続けてたって、刹那さん自身が辛くなるだけだろ？　俺ならもっと刹那さんを幸せにできる。こんな傷だらけで辛い思いなんてぜったいさせない』

我ながら青臭い台詞を吐いたと思う。でもそれだけ真剣で、切実だったのだ。

だがその必死さと青さが何より、刹那には先走った向こう見ずとして映ったのだろう。

『ミツの気持ちは嬉しいよ。でも考えてもみてよ。僕が君を選ぶにはどれだけのものを捨てなくちゃいけないんだと思う？　地位に名誉、それに信頼……いままで築き上げてきたもの、すべてを捨てなければ未来なんてないのに、君は何を捨てられるの？　僕にどんな保証をくれるの？』

当時、中学生だった自分に約束できる保証なんて何一つなくて、問いに答えられず沈黙してしまった俺に、あの人は笑顔でこう続けた。

『君は僕にとっても大事な「弟」なんだよ。だから、いままでどおりの関係でいよう？』

（いままでどおり、か）

思いを受け入れてはもらえなかったけれど、思い続けることは許してもらえた気がして、俺はその言葉に縋ったのだ。そうしていまに続いている。

（昔もいまも、俺にできることなんてたかが知れてるんだよな…）

一昨日、義継の春を知った刹那の秘められた動揺を思い返す。バイクで帰りつくなりベッドに誘われて、俺はそのまま朝まであの体に溺れた。いつもなら2ラウンドで終わる情事が長引いたのは、何度も刹那にねだられ、請われ、求められたからだ。それだけ逃避したい現実だったのだろう。

一度寝て起きてからは何もなかったような平静さを取り戻していたが、それが逆に不安を煽り、俺はあの日以来ずっと中目黒のマンションに寝泊まりしていた。自分の感情を極限まで押し殺すのに慣れた人だから、その限界を迎えた時にどうなるのか――それは刹那自身にもわからないだろう。

古閑の仕事がなければ今日もできるだけそばにいたかったのだが、そうもいかない。

――ただひたすらに、その時を待ちながら深くソファーに身を沈める。

場所は都内某ホテルのロビー、その一角にて待機に入ったのが一時間ほど前の話だ。事前に聞かされた予定ではすでに仕事から解放されている時間なのだが…。時刻を確認するために開いた携帯に、見慣れない自分の姿が映り込む。

（似っ合わねーよなぁ…）

黒く染めた髪を指先でつまんでから、俺は吹き上げた息で前髪を散らした。続いて左目の下に指を添えて、そこにいつもの感触がないことを確かめる。

仕事の性質によっては、こんなふうに装いを変えることもめずらしくはない。赤毛や目許の刺青という普段なら人目を引く特徴を隠すことで、個は容易に群に埋没してしまう。今回用意されていた服も、無個性で地味なダークスーツだ。いつも学校でつるんでいる友人たちでさえ、ぱっと見では俺だとわからないだろう。

瞳の色もいまはコンタクトで無難に黒く変えている。能力の発動を知らせる瞳の発光もこれならすぐには知れない。瞼の裏に淡い熱を感じながら、俺は袖口に潜ませている小さな蛇を操って手首にぐるりとその身を這わせた。

体中に散った蛇の中でも、この目許の蛇が一番小型で、かつ毒性が強い。こういった「秘密裡」の仕事で一番多く使われるのがこの蛇だった。殺傷性はないが、噛んだ相手を一生昏睡《こんすい》状態におくことくらいはできる。体力のない子供や老人ならそのまま死に至る場合もあるだろう。

自分の能力が誰のために、どんな目的で使われるのか。興味を持ったことはない。あくまでも仕事だと割りきっている。——いや、もとよりそんな権利は許されていない。

(でも今日の仕事は…)

久々に後味が悪くなりそうだな、と俺は何度目かになる覚悟を再度固めた。

仕事内容としてはごく簡単だ。ターゲットに接触し、毒を仕込む。ただそれだけだ。解毒《げどく》剤と引き換えにした交渉にはまた別の者があたる。そこから先の結果は、誰に訊ねたところで答えはもらえないだろう。己の役目を果たすだけ、そう割りきるしかないのだ。

「お」

開いたままだった携帯画面がふいに明るくなる。メール受信中のアニメーションが終わってから、ようやく着信を知らせるバイブが手の中ではじまる。予定の変更だろうかと開いたメールに友人の名前を見つけて、俺は思わず瞳を弛《ゆる》ませた。

婚前旅行中にどうしたよ、と開いた途端に『夏休みの課題、写させろ！』の一言が目に入る。

（相変わらずだな、あいつ…）

勉強嫌いの友人のことだ、課題なんて八月後半のいまになっても手つかずなのに違いない。

『おまえには専属家庭教師がいんだろ』

手早く打った返信に『追伸。南の島らしい画像でも添付してこいよ』とつけ足しておいたら、数分後に南国フルーツが山盛りになった画像が送られてきた。

「……食いモンかよ」

もっと他に青い海とか白い砂浜とか、そーいうのがあるだろうよ…と内心で突っ込みを入れつつ、俺は和んだ気分で奥にあるエレベーターホールに目をやった。そこでちょうど階上から降りてきた標的を見つける。

（きたか）

数人の護衛を引き連れながらキョロキョロとしていたターゲットが、こちらの方角を見て急にパッと顔を輝かせる。俺が座るソファーの背後にある、大掛かりな噴水に目をつけたのだろう。絶えず細かな動きで展開されている水上の祭典を間近で見ようと、待ちきれないように走り出した標的が近づいてきたところで、俺はカーペットの下に忍ばせていた二匹目の蛇を操作した。

「きゃっ」

一瞬だけ現れた凹凸に足を取られた少女が派手に転ぶ。慌てて駆け寄る護衛たちよりも先に、一番近くにいた俺が「大丈夫か？」と手を差し伸べた。

「びっくりした…」

「急に走ると危ねーぞ」

カーペットにぺたんと座り込んで赤いワンピースの裾を散らしている彼女に、ソファーから背を浮かして手を貸す。小さな手が俺の手をつかんだ瞬間に、俺は手首にいた蛇に指令を送った。

「いた…っ、——あれ？」

「どうかした？」

少女が立ち上がるのを手助けしながら優しくそう訊ねる。不思議そうに自分の手を見つめる少女にようやく護衛たちがそこで追いついた。口々に安否を訊ねられて、少女がニッコリとあどけない笑みを浮かべてみせる。

「大丈夫。お兄さん、ありがとう」

こちらから何か言う間もなく、少女はまた駆け出すなり一気に噴水を目指した。それを追いかけてまた護衛たちがバタバタと走りはじめる。

噛まれる痛みはほんの一瞬で跡も残らない――。噴水に歓声を上げている少女が一時間後に昏睡状態に陥るなんて、この時点では誰も思わないだろう。

現場に長居は無用だ。用を終えてソファーを立つと、俺はエレベーターホールに向かった。

カーペットの下の蛇はすでに解除して腕に戻っている。あとは部屋に戻って髪の色を落とし、コンタクトを捨て、小蛇を目許に戻せば元どおりだ。

準備で一度入っただけの部屋を目指しながら、首尾を報告するべく携帯を開く。エレベーターを降り父親の携帯を鳴らしたところで、タイミングよく前方から着信音が聞こえた。

「うまくいったようだな」

手許の携帯で着信を切った父親が、無表情にこちらに目を向けてくる。何を考えているのか知れないその表情から目を逸らしながら、俺は「まあね」とだけ返してその横をすり抜けようとした。

顔を合わせるのなんて正月以来だ。眉間に刻まれた気難しげなシワは、年々深くなっているのではないかと思う。それでも兄や弟と話す時の父親はまだ穏やかな表情を浮かべているのだ。

(俺はこーいう顔しか見たことねーけどな)

通常であれば父親が現場まで出向いてくることはない。分家のサポートメンバーがいれば充分事足りるからだ。それがわざわざ顔を見せにきたということは用件も知れている。

「約束は守れているのか」

ちょうど真横にきたところで発された台詞に、心中だけで舌打ちをしながら「まあね」ともう一度返して立ち止まる。呼出状のことを暗に示しているのは明白だった。

（やっぱその件か…）

京都を出て、東京の祖父の家で暮らすようになったのが五歳の時。それ以来、父親とはずっと疎遠なままでいる。そのせいか父親との距離を、俺はずっと計り兼ねているのだ。

厄介払いをするかのように俺をあっさり手放したあと、十歳をすぎてから急に父親は俺を京都に呼び戻そうとしてきた。そのどちらの理由も俺はよく知らない。訊ねても父親は黙秘を通すだけだった。恐らくは家長として、俺の能力を一族に役立てることしか父親の頭にはないのだろう。不要であれば切り捨て、使えるとあればとことん利用する。この人にとって俺は、ただの駒でしかないのだ。親子の情を感じたことなど一度だってない。

だったらこちらもビジネスライクに向き合うしかないだろう。

理由も言わずに俺を連れ戻そうとした父親に、俺は取引を持ち出した。あの時点で俺はもうあの人に出会っていたから――どうあっても東京を離れたくなかったのだ。

『こっちに残るには何をすればいい？』

そう持ちかけた俺に、父親は三つの条件を提示してきた。一つは学業を怠《おこた》らないこと、二つ目は指定した刺青を素直に受け入れること、そして三つ目が古閑の仕事を断らないこと。この三つを確実にこなすなら、俺がどこで何をしてようと黙殺してやると言われたのだ。

この一つ目の条件を反古《ほご》にしていないか、その確認のためにここまで足を向けたのだろう。

「あのハガキは手違いだ。もう、あんなもんが送られてくることはない」

「手違い？」

「問題は処理済みなんでね。悪かったな、勘違いさせて」

中等科から一貫して、成績自体は中の上をキープしている。欠席のほとんどは古閑の仕事によるものだが、その辺の立ち回りが甘かったという認識は自分の中に痛烈にある。欠席の申請をするのがいちいち面倒だったからというのも確かにそうだが、一番の理由はそう申請することでいままで曖昧にしてきた部分に光をあてられるのが嫌だったからだ。

己の能力を使い、家の仕事を手伝う学生は少なくない。だが古閑の仕事となるとそれ相応のスキルを要求される。そんな依頼をこなしていると公にすれば、学院側の目も変わるだろう。兄の持つ『蜘《く》蛛《も》』と『蛇』では格が違う。

（いまのスタンスを失いたくなかったんだけどね――）

各国から優れた能力を持つ魔族だけが入学を許される特別機関、通称アカデミーへの進学率でここ数年グロリアは、神戸《こうべ》の姉妹校・プレシャスに負け続けている。一人でも多く彼《か》の地に送り込もうと、躍起《やっき》になっている教師たちの目に留まるのはできるだけ避けたかったのだ。

中等科の三年間、アカデミーからの誘いと教師陣の強力なプッシュ攻撃を穏便にかわし続けていた友人の顔が浮かぶ。穏便にという自覚が本人にあったかは定かではないが、あれは天然だからこそできた技なのではないかと俺は思っている。四六時中、教師に追いかけ回されるのはごめんだ。その辺りはまた休み明けに対策を講じないといけない点だろう。

「そうか、おまえがそう言うんなら一度は信じよう。だが二度目は――」

「ないんだろ。わかってるよ」

条件を一つでも反古にすれば、いま手にしている自由はすべて奪われることになるだろう。

(冗談じゃない…)

これ以上の話はないとばかりに、父親がゆっくりと歩みを再開する。それを尻目に俺も分厚い絨毯《じゅうたん》に革靴の底を新たに埋めた。物心ついてから、父親との会話が五分を超えたことはない。

だが一歩進んだところで、俺はふいの事態にまたも足を止めてしまった。

「よう、ヒデ」

「兄貴…?」

「久しぶりだな、元気してたかー?」

すぐ左手の部屋から出てくるなり、義継は小走りにこちらに近づいてきた。スーツを着ているところを見ると、どうやら自分とは別口の仕事をこのホテルでこなしていたようだ。

「帰ってたんだな、こっちに…」

「まあな。あ、でも夜の飛行機で今度は鹿児島《かごしま》に飛んじまうけど」

「せめて顔くらい出してけよ、自分家に」

「あー、そんな時間ありゃいいんだけどな。たぶんねーなぁ」

あっけらかんとした顔でそんなことを言いながら、義継が肩を竦めてみせる。

ここ数年来会っていない母親の面影を、どこかに感じさせる穏やかな顔立ち。自分とは正反対に下がりがちな目尻が、柔和《にゅうわ》な印象を人に与えるのだろう。見た目だけなら好青年風、それが義継だ。背丈は現時点でほぼ並んでいるので、俺の成長期が終わっていない限り、高等科を卒業する頃には差がついていることだろう。標準よりもやや筋肉の載った体を、自分と同じような地味な上下で覆っている兄は、相変わらずな脳天気な雰囲気を纏っていた。

「にしても、こっちはまだまだ暑いなぁ」

「そんなことより、こっちに帰ってること――」

それだけでも刹那に伝えているのか、確認しようとしたところで義継の背後に控えていた人物と目が合った。深々と頭を下げられて、反射的にこちらも腰を折ってしまう。

女性にしてはめずらしいほどのベリーショートが印象的な人だった。控えめなスーツと化粧で装ってはいるが、これはかなりの美人だろう。というより義継の好みのど真ん中だ。

嫌な予感が頭の隅を走る。

「あ、彼女はいまの仕事のパートナーなんだ」

「――仕事だけかよ」

小声の切り返しに、義継がワハハと照れくさそうに笑いながら頭を掻いてみせる。

（照れてる場合じゃねーだろ……）

場の読めていない義継の足を素早く踏んでから、彼女は改まった顔で俺に自己紹介をしてくれた。

「はじめまして、西条《さいじょう》と申します。お兄さんとは先月から一緒にお仕事させていただいてます」

ウィッチでも名の知れた姓に、義継は本当に大金星を挙げたのだろうと思う。

「どうも」

「上の弟さんね。お噂はかねがね」

きびきびとした口調が本人のこざっぱりとした雰囲気によく合っている。この人なら義継の天然具合もうまく御《ぎょ》せるのかもしれない、と思えた。このあとにまだ仕事が控えているから、と手短に話を切り上げた彼女が「お先に失礼します」ともう一度一礼してから颯爽《さっそう》と去っていくのを見送る。その彼女を待っていたのだろう、少し先で待っていた父親と連れ立って廊下の角を曲がっていった。

「兄貴はいいのかよ」

「俺は交渉ごとにゃ不向きだからな」

「……さっきの子の件か」

もうじきに、蛇の毒が体中に回る頃だろう。それと同時に、不穏な交渉がこのホテルのどこかではじまるということだ。予想どおりの苦味を噛み締めながら、俺は手首にいた蛇に目を落とした。

「んじゃ、どっかでメシ食ってくるわ。昼メシ食いそびれちまってさー」

「…………」

こちらの憂慮《ゆうりょ》には目もくれず、何食うかなぁ…と独りごちている兄に疲弊《ひへい》した眼差しを向けてから、俺は兄の左胸に固めた拳《こぶし》をゴツリと押しあてた。

「ああ、あいつにはどう伝える気だよ」

「刹那さんにはは直接言いたくてな。週明けには戻れるからその時にでも…」

「どうする気だよ」

「ん？　どうするって？」

「あんた、この状況のまま二号を囲う気かよ」

語気が荒くなるのを避けるために、わざと低めた俺の言葉に兄が不思議そうに目を丸くする。

「それの何がまずいんだ？　つーか刹那と俺の関係はそんなんじゃねーしな。あいつが離婚を望んでるんならまだしも」

「少しはあの人の気持ちも考えてやれよ」

「もちろん考えてるさ。あいつは俺の大事な親友だぞ？」

この期に及んでもまだ能天気さを失わない兄の声にイラつきを抑えながら、俺はさらに拳に力を籠めた。見た目よりも厚い胸板の向こう側で、鼓動が平穏に脈打っているのを感じる。

「世間的に見ればそりゃ不道徳だけどな。あいつに好きな人ができたってんなら、俺だって喜んで籍を抜くさ。だがそうじゃないんなら、現状維持が一番の得策だろ？」

そこだけはキッパリ言い放つと、兄は真摯《しんし》な顔つきで俺の顔を見返してきた。

「いま離婚なんかしたら、あいつすぐにまた縁談組まれるぞ」

「けど…」

「叶家のそういう体質は、おまえだってよく知ってるだろう？」

あの家がそうして伸し上がってきた家柄だということはわかっている。

女流系統のウィッチにおいて「雌体の半陰陽」は家督《かとく》としてありがたがられるが、「雄体の半陰陽」は得てして歓迎されない。使い道としては有力な家筋とのパイプラインとして「嫁」に出すくらいだろうか。叶家はその点を十二分に利用しきった結果、いまの地位まで上り詰めてきたのだ。

(それくらいは俺にもわかる。けど…)

普通ならバツイチの半陰陽など見向きもされないお荷物になりがちなのだが、叶家の場合は異なる。世間に広く流布している「特性」によって、あの家の半陰陽は引く手数多《あまた》の存在なのだ。

義継が刹那との婚約を決めた直後に、陰で囁かれていた流言の多くも刹那の出自に対するものだった。分家の者たちが「義継さんの死因は腹上死決定ですな」と含み笑いしていたのを思い出す。

叶家はそれを餌《えさ》にして、網の目のようなコネクションを広げてきたのだ。いま義継と刹那が別れれば、叶家は即座にまた刹那を駒として使う気だろう。それはわかる。だが――。

(あの人の気持ちはどうなるんだよ)

兄の目から見ればそれは確かに最善策だろう。しかし刹那の目から見た現実はといえば、針のむしろと変わらない状況だ。チクチクといま以上に苛《さいな》まれる日々になるだろう。

「まったく、実兄の幸せより義兄の幸福を案じるとはな。ちょっと妬けるぞ？」

「……そんなんじゃねーよ」

押しつけていた拳を力なく落とすと、俺は詰めていた息をゆっくり吐き出した。コレ相手に熱くなっても仕方ないというのに、少し頭に血が上っていたようだ。

「とにかく電話だけでも入れとけよ。兄貴の携帯が繋がらないって心配してた」

「あ、そーそー携帯な、俺ドジ踏んで海に落としちまってさー。そうだった、今日こっちで買い替えるんだった。すっかり忘れてたよ。あっぶねー、サンキュ！」

胸に挿していたボールペンで自分の腕に「ケイタイ買い替え」と書きつけている兄を見ているうちに、何だか急に疲労感が圧しかかってきた。

（利那さんも西条さんも、こんなののどこがいいんだろうな…）

二人とも男の趣味が悪すぎではなかろうか。

「じゃ、俺いくわ」

これ以上一緒にいても疲れるばかりだと判断して、兄の横を抜けて部屋へと向かう。

「お、メシでも食いにいかねーか？」

「いかねーよ」

すげなく答えて片手を上げると、俺は振り返ることなく先を目指した。

つめてーなぁ…と独りごちた兄がエレベーターホールへと向かう気配を背中で感じながら、目的の部屋にカードキーで入る。すぐに洗面台に向かい顔を洗うと、俺は詰まりそうになっていた感情を溜め息とともに深く吐き出した。

（さーて、スイッチ切り替えねーとな）

続いて髪の色を落とそうとしたところでしかし、洗面所の鏡に貼りつけられていた手書きの張り紙が目に入る。

「髪の色を落とすな、だぁ…？」

そこには服だけ着替えて帰るようにとの指示が書いてあった。鏡の中にいる冴えない新社会人といった格好の俺が、思いきり顰めた顔でこちらを見ている。

「こんなダサい格好じゃ帰りたくねーぞ…」

打ち合わせの時点ではこんな話は出ていなかったので、どこかで不測の事態でも起きたのだろう。いままでの扮装《ふんそう》と素顔の自分、どちらが目についてもまずいということか。

用意した服で適当に変装して帰れとの追加命令を受けて、俺はマシな服があることを祈りつつベッドに向かった。ピンと張ったシーツの上に置かれていたボストンバッグの中身を、ひととおり検《あらた》めたところで一番マシそうな服に袖を通す。

癖毛をワックスで撫でつけて、最後に銀縁の伊達メガネをかければ似非優等生のでき上がりだ。

「ま、こんなもんか」

都内でも名の知れた進学校の制服に身を包み、つまらなさそうにこちらを見ている自分を鏡越しに確認してから俺は部屋を出た。所持品は携帯のみで手荷物はなかったのだが、念を入れて指定鞄《かばん》を手にしてエレベーターに乗る。

今日はこれから刹那と待ち合わせて、早めの夕食を取ることになっていた。

この格好のままいったら驚くだろうか？　そんなことを思いながら階数表示を見ていると、緩やかに途中階でエレベーターが止まった。同じタイミングで震えた携帯をポケットから取り出して広げる。分家のサポートからの報告に目をとおしていたところで。

「変装が甘い。首筋から刺青が見えているぞ」

「え」

間近で父親の声が聞こえて慌てて顔を上げる。だが狭い箱の中に、あの気難しい顔は見つけられなかった。というより自分以外には一人しか乗っていないのだ。

「刹那さん…」

「驚いた？　今日はここで仕事してたんだね」

してやったりといった表情で、刹那が白皙《はくせき》の美貌を鮮やかな笑みで彩《いろど》ってみせる。

(こんなところで無駄に能力使わなくたって)

刹那の能力『声色』はその名のとおり、自身の声を自在に変えることのできる能力だ。昔からこんな悪戯に何度も引っかかっていたことを思い出す。

「よくわかったね、一目で俺だって」

ホールドアップの姿勢を取ってから、俺はわざとらしくメガネのブリッジを押し上げてみせた。自分で言うのもなんだが、この扮装はなかなかいい線をいっていたと思う。もちろん刺青だって見えていないか、あらゆる角度から確認済みだ。

「ミツのことは見間違えないよ。――まあ、一瞬だけ迷ったけどね」

（やべえ、ココ自惚《うぬぼ》れてもいいとこか…？）

舌を出して笑う刹那に瞬間的に見惚れながら、思わずそんなことを考えてしまう。

「そういう格好も似合うね。頭よさそうに見えるよ」

「刹那さんはどうしてここに？」

「うん、ちょっと野暮《やぼ》用」

そのフレーズに俺の顔が曇ったのを見逃さなかったのだろう。サマーニットの襟ぐりを強引に開くと、「ホラ」と刹那が白い首筋を露《あらわ》にした。そこには跡一つ、ついていない。

「信用ないな。約束は破ってないよ。君のヒート期間中は……」

「『なるべく』専属だもんなぁ…」

いつもながら引っかかりを感じるその内容に苦笑したところで、エレベーターがわずかな振動とともに一階ロビーに到着した。このまま食事に出かけるかを話し合いながらエントランスに向けて歩き出したところで、ラウンジのテーブルに見慣れた顔ぶれが座っていることに気づく。

（しまった）

そう思った時にはすでに、刹那も同じ光景を目にしていた。

「義継…」

まさかこんな人目につくところで交渉しているとは計算外だった。黒幕たる父親の姿はない。義継と西条の向かいに座っているのが、先ほどの少女の血縁者なのだろう。

（メシ食いにいったんじゃなかったのかよ…）

西条一人がそこに座っている分には刹那も気づかなかっただろう。だがちょうど話し合いを終え、交渉相手を見送った二人が笑みを交わし合う姿は傍目《はため》にも仲睦《なかむつ》まじく見えた。

「あの人が、そうなんだ…」

力ない声でそう呟くと、刹那は素早く踵を返した。正面エントランスではなく、地下鉄への連絡口でもある別の出口に向かいはじめた背中に無言でついて歩く。次第に速度を増す足取りを追いながら、地下鉄の構内に入ったところで俺は堪らず前をいく腕をつかんでいた。

「刹那さん…っ」

「——ねえ、ミツ。今日はすごいコトたくさんしようか」

満面の笑みを浮かべて刹那が振り返る。秘密を打ち明ける子供みたいな無邪気さで、刹那が首を傾げてみせる。傷口を必死で隠そうとするその笑顔から、俺は思わず目を逸らした。

「どんな体位でもリクエストしていいよ」

「刹那さん」

「ううん、何してもいいよ。何でもしてあげる」

だから――と続いた言葉に、無言で腕を伸ばしてきつく抱き締める。骨のあたる痩身《そうしん》が腕の中で壊れるんじゃないかと思うほどに、俺は両手に力を籠めた。

「だから早く連れて帰って…」

震える声でくり返す利那を抱き竦めながら、気づいたら俺の方が涙を零しそうになっていた。

小刻みに震える背中を撫で下ろしながら「わかった」と掠れ声で答える。

「……歩ける？　上でタクシー拾おう」

ややしてからそう提案すると、利那が小さく頷《うなず》いた。フラつく利那を支えながら、地下鉄の構内を出て地上に上がる。

（ったく、俺が泣いてどうすんだよな…）

涙の名残を手首で拭《ぬぐ》うと、こすれた部分が夏の熱風を浴びてじわりと疼《うず》いた。目の前を通りがかったタクシーを手を上げて停める。

「乗って」

開いたドアから後部座席に乗り込む利那を補助しつつ、隣のシートに滑り込むと俺は中目黒のマンションの住所を告げた。静かに車体が走りはじめる。それからは何を言っても利那が言葉を返すことはなかった。途中で一度だけ、声もなく涙を流した横顔から。

俺は目を逸らすことができなかった――。

人形のように無表情になった刹那が声を取り戻すまでには、それから数時間かかった。

「離婚、かな…」

ソファーで膝を抱えながら、ポツリとそう零した横顔がうっすらとした笑みに染まっていく。

「離婚はしないって、言ってたよ」

「そう。――しないんだ」

このままなんだ……と呟いた唇が、今度は明確な笑みを象った。

「僕らの関係がフェイクだって知らない人たちは、これでようやく新しい古閑の子が生まれるって喜ぶだろうね。四年も経って子供の一人も生まれないなんて、ってよく言われてたからさ」

「誰にそんなこと…」

「古閑の血縁の人たちには、会うたび言われてたよ。――お義父《とう》さんとお義母《かあ》さんには言われたことなかったけど、きっと心ではそう思ってたろうね」

そんなことない、とは即座に言えなくて。俺は無力感を覚えながらフローリングに膝をついた。座面に肘を預けて、刹那の白い指が鋲を辿るのをじっと見つめる。

「……少なくとも親父は、古閑の『一夫多妻制』には反対してたよ」

父親の擁護《ようご》をする気はさらさらなかったのだが、俺は刹那のために口を開いた。

「俺のおふくろともきちんと離婚してから、次の奥さん迎えてたし」

「それが、チカくんのお母さん？」

「そ。子供もけっきょく、三人で打ち止めだったしな」

恐らくそれは自分の父親――すなわち祖父の素行が反面教師になっていたのだろう、とは周囲の見解だ。正妻に加えて常に数人の妾を囲い、派手に侍《はべ》らせていた祖父はけっきょく十人を超える子供を作り、それぞれに育てさせた。そのうちの男子だけを古閑の籍に入れ、女子は認知するだけに留めたのだ。それが古閑家に代々伝わる「慣習」だった。因習とも呼ぶべき、悪《あ》しきしきたりだ。

自分の母親がそんな境遇に置かれているのを間近で見て育った息子は、その慣習に嫌悪を抱くようになったのだろう。それでも自らの能力には自信と誇りを持っていた。父親が持つ偉大な能力を継ぐのは、八人いた男子の中でも自分しかいないという強い自負を持っていたらしい。

「よく、知ってるね」

「――口さがない親戚連中ってのが、どこの家にもいるだろ？」

父親がなぜ『蠍』ではなく、祖父の持っていた『蛇』に憧れを抱いていたのかは知らないが、祖父は確かに『蛇』としては異例なほどの名声と賞賛を得ていた。だが能力としての格は『蠍』の方が上だ。それに能力では名高かったが、人柄での評価はかなり低かったと聞いている。風来坊的な性根に手を焼いた逸話がいまでも数多く語られているくらいだ。ともに暮らしていた頃はその気紛れに、俺もいろいろと巻き込まれた思い出がある。

結果として――父親は『蛇』を継げなかった。

能力の覚醒後、古閑では数年の見極め期間を置いてその者に継がせる格を審議するのだが、父親の格だけは祖父が独断で決めてしまったのだという。年功序列ではなく、能力の高い者が幅を利かせる家風のおかげで、父親は祖父の一声で有無を言わせず『蠍』を継ぐことになったのだと聞いている。

その辺りから父親と祖父の確執ははじまっていたのだろう。

己を一心に鍛え、能力を磨き上げた父親が『蠍』での頭角を現しはじめた頃、祖父は発言権の増した息子の存在を煙たがり、勝手に京都の家を出て東京に居を移してしまったのだ。それからは本家の干渉を拒み、半ば隠居生活を送っていたらしい。だが兄貴や俺が生まれた頃になって、急に「孫の顔が見たい」と我が儘を言い出し、京都にも顔を出すようになったのだという。それがきっかけで夏休みなどの長期休暇に、孫たちが東京に遊びにいく機会も次第に増えていった。兄に連れられて祖父宅にいくのが、幼い自分にとっては大きな冒険であり、このうえない楽しみの一つだった。

そういった縁もあってか、俺は五歳の夏から祖父の東京の家に住むようになった。同じ『蛇』を持つ祖父が身近にいた方が、いろいろと勉強になるだろうと周囲の者は口を揃えた。それがたとえ建前《たてまえ》でも口実でも、俺はべつに構わなかった。プレシャスからグロリアへの編入をはたし、自分より先に東京に引っ越していた兄も含めての、祖父との三人暮らしがしばらく続いた。俺が九歳の時に祖父が亡くなり、俺たちの世話は祖父と懇意にしていた親戚筋でもある東京の『椎名《しいな》』家が引き継いでくれることになった。金銭面の援助だけを受けて俺たちはそのまま祖父の家に住み続けた。

父からの連絡があったのは翌年のことだった。急に自分だけ帰ってくるように言われて、俺は戻りたくない一心であの協定を結ぶに至ったのだ。休みのたびに実家に戻っては、言われるままに刺青を増やした。指示されるとおりに仕事をこなし、俺はその代わりに東京での自由を手に入れたのだ。

刹那と初めて会ったのは、祖父の家に引っ越してすぐ、一ヵ月早く越していた兄の友人として家に遊びにきたのが最初だった。その頃は綺麗なお兄さんだな…くらいにしか思っていなかった。自分の中でその存在が大きく変わったのは、兄と刹那の婚約が決まってからだった。

予期せず垣間見た刹那の「弱さ」に、胸が打ち震えたのを覚えている。あの日から――。

(ずっとこの人を思い続けている)

でもそれよりも長い期間、刹那は兄を思い続けているのだ。

「そっか、離婚しないんだ…」

譫言《うわごと》のようにそう呟きながら、何かが抜け落ちたような空虚な表情で刹那が宙を見つめる。

その視線を遮りたいのか、見守りたいのか――自分でもよくわからなくなって、俺は洗髪で濡れた赤毛をぎゅっとつかみ締めた。指先にわずかについた黒い染料がしみのように視界に残る。

きっぱりとフラれたあの日に、ならばこの人の思いを見守ろうと決意したはずなのに…。傷心の刹那を前に揺れる心は、それが詭弁《きべん》にすぎなかったことを思い知らせてくれる。

自分だったらこんな顔、間違ってもさせない。

この人が笑顔でいてくれるのなら、いつだって全力を傾けるのに――。

（でも、俺じゃ意味ねーんだよな…）

何もわかっていなかった当時の自分と、きっといまも大差ないのだ。

二年前、必死に思いを告げた自分の亡霊がすぐ隣に佇んでいるような気がした。

（弱いな俺は……昔も、いまも）

利那の言葉にずるずると甘える形で、続いているのがこの現状だ。

「どうするのが一番…いいのかな……」

そう小さく零しながら、緑青《ろくしょう》のように艶のない瞳が薄暗いリビングの壁をひたすら見つめている。

けっきょく俺は何もできずに、膝を抱えてじっと思案する利那の様子を見ているしかなかった。

しばらくして焦点を失った眼差しが、疲れたように俺の上に留まる。

「しよっか」

「でも…」

「——少しの間でいいんだ。束の間でいいから忘れたいだけ」

シャツのボタンを外しながら、俯き加減に「ごめんね」と利那が呟く。

「ミツにはいつも迷惑かけてばっかりだね」

「んなことねーけど…」

自身のシャツを脱ぎ捨てた利那が今度はこちらの服に手をかけてくる。されるがままに脱がされながら、俺は浮かした手で白く浮いた肋骨の線をなぞった。健康を維持するぎりぎりのラインだと改めて思う。もしもこれ以上体重が落ちるようなら――。

（なら？　俺に何ができるっていうんだ…）

カッターシャツを脱がされたところで、俺は立ち上がってソファーの座面に膝をついた。唇を合わせながら、白い体をゆっくりと横たえる。緩いキスをくり返したあとに刹那が小さく囁いた。

「僕のことなんていつ見限ってもいいんだよ」

（この人は……）

俺がそうできないとわかっていて言うのだろうか。それとも見限って欲しくて口にするのか。

不毛な関係性の継続を願う気持ちと、思いきって打破したい衝動とが自分の中ではずっとせめぎ合っているのだ。その答えがはたしてどこにあるのか、探し続けるのに俺もいい加減疲れていた。

（いまは何も考えたくない――）

慣れた仕草で下肢の狭間を巧《たく》みに探られて、発火しやすい体がすぐに返した反応に満足げな息が零れてくる。その甘さに触発されるようにまた唇を塞いだ。

熱い口内を何度も探って、絡められる舌に応えながら溢れる唾液で顎を濡らす。

「このまま溶けちゃえたらいいのにね…」

一昨日、昨日、と立て続けの行為で、お互い頭の芯が鈍っているのだろう。快感でドロドロに溶けた蜂蜜《はちみつ》の海を泳いでいるような、そんな酩酊《めいてい》と恍惚《こうこつ》の間で二人きりの現実逃避は朝方まで続いた。

4

「——ミツが戻ってくるとは思わなかったよ」

「え」

「僕のところにさ」

長い行為ののちにシャワーを浴びてベッドに移ったのは、空が白みはじめる時分だった。

ダブルベッドに並んで横になりながら、刹那が天井を見つめたまま口を開く。

「ちょうどあの頃からだよね。ミツが僕と距離を置きはじめたの」

「あの頃って？」

「ミツが高等科に上がってわりとすぐだったと思うけど。研究室で他の人に抱かれてるの、見られたことあったじゃない？　あれ、ワザとだよ」

「……やっぱり」

そんなような気はしていた。

施錠しない扉やスリルを求める口ぶりとは裏腹に、刹那が実は慎重なタチであることをこれまでのつき合いで俺は知っていたから。誰かの痕跡を体に見つけたことはあっても、現場を目撃したのはあれが初めてだ。その時点で、作為を感じてはいたのだ。

思えばあの頃が一番、胸のうちの葛藤《かっとう》が煮詰まっていた気がする。その光景をきっかけに、距離を置こうと思ったのは確かだった。

どうしたって自分の手に入らないのなら、そばにいることに意味はあるのだろうか。見守るという行為に感じていた意義も、けっきょくは独り善がりな自己満足でしかないのではないか――？

一度そう思いはじめたら、それこそが真実な気がしてならなかった。

「そうすれば君はあの可愛い同居人と、気兼ねなく向き合えると思ったんだよ」

「――椎名家に頼まれてた？」

「いや、あれは僕の独断。いつまでも僕に縛られてる必要はないと思ったんだよ。何しろ君、フッても全然堪えてないみたいだったし…」

「いや、めちゃめちゃ堪えてましたって。その頃もまだまだヘコんでたっつーの」

「本当に？　とてもそうは見えなかったけどな」

「したら、そこは俺の演技力が褒められるとこなんじゃねーの」

わざと冗談めかしてそう締め括ると、俺は細く息を吐いた。当時はすっかり自分の判断で動いている気でいたのだが、けっきょくは刹那の思惑どおりのルートを歩んでいたということだ。

（見透かされてんなぁ…）

丸三年の間、一緒に暮らしていたルームメイトの顔が脳裏に浮かぶ。

本人はまるで気づいていなかったが、俺は婚約者候補の筆頭として中等科から彼との同居生活をスタートさせたのだ。

はじめは俺にもそんな気はまるでなかった。確かに顔は可愛かったし、性格も慣れれば扱いやすく愛らしくもあった。驚くほど真っ直ぐな気性は傍で見ていても清々《すがすが》しかったし、自分の正義を一途《いちず》に信じて突き進む彼は、眩しいほどに「日向」の中にいる存在だった。

これもアリなのかもしれない――、そう思った。

彼を選べば、俺もきっと明るい未来を手に入れられるだろう。日陰の恋とは比べるべくもない、健全で年相応な、等身大の関係を築けるに違いない。背伸びをすることもなく、年の差に焦りを感じることもなく――。そんな観点からはじめる恋がそもそも間違っていることに気づいたのは、彼が俺ではなくいまの婚約者の手を取った時だ。

同時に深い安堵感に襲われて、俺はなす術なく自らの思いを再認識した。

報われない思いに傷つきながらも、それでも離れられないのはそれこそが恋だからだ。刹那もきっと同じ心境なのだろう。離れられるものなら、諦められるものならとっくにそうしてる。

どんなに痛くても捨てられないのは、それが何物にも代えがたい思いだからだ。

叶わない恋に打ちひしがれた四月、仮初めの恋を捨てて自らの思いを見据えた五月――。

六月に入ってから、俺はあの研究室に再び顔を出すようになっていた。

何事もなかったように。刹那もまた以前のように自分を受け入れてくれた。この関係を壊したくないと思う気持ちは、それまでよりも一層強くなっていた。

（ここまできたら、あとはどんな道が残ってるんだろうな…）

どんな結末が待ち受けているにしろ、この思いを捨てられない以上はこのレースから逃げることは叶わないのだ。だからせめて少しでも、刹那の幸せを案じたいと思う。

「ね、もう一回しよう？」

「はい、却下。あのさ、風呂場でヤると想像以上に体力使うわけ。俺はまだしも、刹那さん体力ないでしょ？　とりあえず次回は、寝て起きて何か食ってからね」

「イジワル」

「って、そーいう問題じゃねーべ」

クスクスと笑いながら刹那がシーツの上を転がる。白い裸身が朝方の光の中でいつも以上に眩しく見えた。またぞろ火のつきそうな体を叱咤《しった》して、俺はきつく両目を瞑った。

健全な男子高校生には目に毒な光景だ。ましてやこちらはヒート中なのだ。ここ連日ヤリまくっているせいか、いつも以上に体も快楽の兆しには敏感だった。

「ねえ、じゃあ口でシてあげよっか。それだったら僕はあんまり体力使わないでしょ？」

「……その話、まだ続いてんの」

俺はゲンナリしながら半眼で隣の美人を見やった。際どい台詞一つでも過敏に反応してしまう箇所が、刹那の直接的な台詞に俄然《がぜん》シーツの下でやる気を見せはじめる。

（いやいや、落ち着けおまえも…）

心の中でそう宥《なだ》めながら、どうにか平静を装うとするも——敵は手強い。

「ミツのって、ウットリする長さしてるよね。口に入れるのももちろん好きだけど、でもやっぱり後ろに入れられるのが一番好きだな。もうどうにでもしてって思う」

「刹那さん…」

「その長さで突かれると堪らなくなるんだよね。普通サイズじゃ毎回は無理なんだけど、ミツのだったら後ろだけで何度でもイケちゃう」

「——刹那さんっ」

「あれ、どうしたの？　こっちはすっかりその気みたいだけど」

少しでも誤魔化そうと背中を向けていたのだが、するりと背後から回ってきた手がシーツの上からギュッと股間《こかん》を押さえてくる。

「ねえ、二人でスルのと言葉責めだけで生殺しにされるの、どっちがいい？」

（あーも、やられた…）

思わせぶりな台詞だけで半勃《はんだ》ちになったソコをグリグリと弄《いじ》られながら、俺は観念することにした。

お返しとばかり勢いよく反転させた体で、忍び笑う刹那に圧しかかる。

「火ィつけた責任、どう取ってくれるわけ」

「何でもするよ、ミツはどうしたい？」

態度も口調も雰囲気も、刹那は完璧なまでにいつもの調子を取り戻していた。

食欲も心配していたほどには落ちず、単独で食事を取らせない限りは俺の作った料理をそこそこ平らげてくれるので安心は安心なのだが——こうしてすぐに快楽に逃げたがるところをみると、それだけまだ内心の動揺は深いのだろう。

「何でもって言われてもね」

「あ、じゃあまた前みたいなコトしない？」

「前みたいなのって、まさかアレ…？　やだよ。あんなイメージプレイ」

「わかってないなぁ。『プレイ』ってところがいいんじゃない」

「あのね……健全な青少年に毒っけたっぷりのイメプレなんか仕込むなよな。まじ毒だから」

好奇心に負けて、何度かそのプレイにおつき合いしたこともあるのだが。

（つーか、あんなコアなことさせんなよ…）

社長秘書のオフィス監禁風だとか、人妻のいけない昼下がりだとか——それにつき合う俺も俺だ。

「ちぇ」

つまらなそうに唇を尖らせながら、おもむろに刹那がシーツを潜り忍び込んでくる。中で何やら悪巧みをはじめた指先が、いきなり俺のモノにするりと絡められた。

「ねえ、まだ大きくなるでしょう？　僕が育ててあげる」

「ちょ…っ」

百戦錬磨《ひゃくせんれんま》の手にかかれば、年頃の男子なんて掌で転がす程度の存在でしかないだろう。

「う……っ、ク、ぅ…」

こちらからは見えないシーツの中で延々とくり広げられる甘い蜜事に、俺はほどなくギブアップを申請した。だがシーツの中で上下する体をタップしても、指戯と舌戯がやむ気配はない。

「……っ、せ、刹那、さ…」

名前を呼んだ途端に、ジュウウゥ…ッと強く吸い上げられて、俺は思わず腰を浮かした。そのタイミングを計っていたようにつけ根と膨《ふく》らみの境目を圧迫され、快感の捌け口を塞がれてしまう。

（やっべえ、コレ…ッ）

刹那の持つ技の中でも、特に強烈なのがこの「生殺し」だ。

狭く搾られた尿道に残る粘液を思いきり啜《すす》られながら、これ以上ないほどに扱き立てられて体は射精の体勢に入る。だがつけ根を抑えられているため、その終焉《しゅうえん》も叶わず――。

絶頂直前の快感を、これでもかと味わわされるはめになるのだ。刹那が飽きるまで。

「うっ……、あァ…ッ」

口答えしたお仕置きということだろう。ほんの少しでも圧迫ポイントがずれるとこうはならないしいので、毎回ピンポイントでそこを責めてくる刹那の手腕も知れようというものだ。

立て続けに三度、大波を超えたところでようやくチュポン…っと音を立てて解放された。

「――…っ、は、ァ…」

「イッてないからまだまだ大きいね」

そう熱く囁きながら、刹那が愛しげに赤く充血しているだろう先端を指先で撫でてくる。

「う、ワ……っ」

強烈な刺激のあとのもどかしい愛撫《あいぶ》に、俺は思わず腰を捻《ひね》った。その動きでずれたシーツから、頬を上気させた刹那が顔を見せる。

「乗っていい？」

訊きながら早くも跨った刹那が、天を突くように上向いたモノを片手で支えて後ろに宛がった。唾液と先走りで濡れた先端が、ぬるぬると刹那の窄まりを舐める。

「——いくよ」

連日の行為で解れきったソコが、じわじわと俺の屹立《きつりつ》を呑み込みはじめた。

風呂場で掻き出しきれなかった白濁が潤滑剤になっているのだろう。いつもより抵抗感はあるものの、すんなりと進んでいく刀身を支えつつ、刹那が絶妙な締めつけでこちらを嬲《なぶ》る。

「ぁ、ア…」

期待で潤んだ眼差しを宙に浮かせながら、刹那が白い喉を仰《の》け反《ぞ》らせて喘いだ。もうじき到達するのだろうと、これまでの経験で俺にもわかる。衝撃に備えて、知らず腰に力が入っていた。

「アァァぁ…ッ」

柔らかくきつい内壁に包まれたモノに、突如として襞《ひだ》の塊が押しつけられる。

「……っ、は、ぁっ」

感じやすい先端に隙間なく絡みつく熱い襞に、俺は反射的に体を引いていた。それを許さず追いかけてきた刹那の腰が、ググッと鋭角的な角度を保つ。

襞の群生を一気に掻き分けたモノが最奥のしこりに突きあたった。

グリ…ッと擬音のつきそうな勢いで擦られて、頭の天辺から爪先までを衝撃と快感が走り抜ける。

そのまま揺すられて、俺はその硬い感触に何度も何度も、自らの弱い部分を打ちつけるはめになった。

そのたびに刹那からも短い悲鳴が上がっている。

『あのね、叶の半陰陽は誰しも、特別なGスポットを持ってるんだよ』

そんな話を刹那にされた時は、ただの冗談なのだと思っていた。

初めてソコを突きあてたのは、いつだったろうか。それまでは内部の襞がそれなのかと思っていたのだが、その奥のさらに秘められた場所に「最弱のポイント」は隠されていた。ソコを突くなり絶頂に達した刹那の痙攣《けいれん》と収縮に耐えきれず、入れて一分も経たないうちにイッてしまったのは甘くもホロ苦い思い出の一ページだ。

「あっ、やッ、いい…っ、あァ…ッ」

いつもより角度のついた責めに、刹那の声が次第に狂気を帯びていく。

「――――…ッ」

やがて声もなくはてると、薄い色の精液が先端から吹き零れてきた。激しい絶頂で脱力した体がへたりと俺の上に崩れてくる。その間も絞り上げるような締めつけが俺のモノを苛んでいた。

「……ッ、くゥ」

顔を顰めてどうにかその試練を耐え抜く。

(俺も前よりは耐久性ついたよな…)

絶妙な蠕動《ぜんどう》が一段落するのを待ってから、俺は細く骨ばった腰を両手でつかみ締めた。即座に刹那が戸惑ったように小さく声を上げる。

「あ、ぃや…」

「自分だけ先イクなんて、ひどいんじゃねーの」

「ダメ、待って…、すぐはダメ……」

「イッてすぐは感じすぎんだっけ？　——でも悪いけど、こっちも瀬戸際なんでね」

快感の残滓《ざんし》でまだ断続的に震えている体を、一気に押し倒して開いた両脚を固定した。騎乗位から正常位に持ち込んだことで、さっきとはまた違う角度で先端が襞の海を泳ぐ。

「あ…っ、…ッん」

涙ぐんだ瞳で喘ぎながら、刹那がピクピクと腰を震わせた。

一度軽く押し込んでから腰を引くと、熱い締めつけが逃すまいと絡みついてくる。しばしその感触を味わってから、俺は頃合を見て一気に腰を突き入れた。

「あっ、アッ、ン、やぁぁ…っ」

先端で探りあてたポイントを嫌というほど責め立てながら、すぐに自分も甘美な感触に呑み込まれていく。くり返すうちに、責められているのはこちらの方なのではないかという錯覚に襲われる。過敏な雁《かり》でしこりを擦るのは、熱くみっちりとした締めつけにも勝る陶酔があった。止まらない律動で執拗にソコだけを狙って腰を打ちつける。

「ヒ、ぁ……ッ」

途中で断続的に中が痙攣するたびに、刹那も絶頂を極めていることを知る。

見れば刹那の下腹部は、無理やりに叩き出された精液でグッショリとずぶ濡れていた。うっすらと白みを帯びて光る粘液が、上気した肌を透かしてパールピンクの艶を帯びている。戯《たわむ》れに震える先端を擦ると、途端に中の吸い込みがきつくなった。

「あ……、ぅ、ウッ」

ようやく終焉を迎え、刹那の奥深くに「生殺し」で焦らされた白濁を打ち込む。

最後の一滴までを絞り上げるような締めつけに腰を震わせながら、俺は急に重くなった体を白い裸身の上に重ねた。強烈な快感の痺れがまだ体のあちこちに食らいついている。

「――刹那さん？」

はっと気づいた時にはもう、刹那の意識はなかった。

薄く開いた唇の端から垂れた唾液がシーツに滴《したた》っている。自分がイクまでの間に、どうやら数えきれないほどの絶頂を強いてしまったようだ。過度の快楽でまだ半勃ちの刹那自身が、ピクピクと震えるたびに透明な粘液をたらりたらり…と零している。

涙に濡れて赤くなった目許が何よりも痛々しかった。深く、重い溜め息が零れる。

「やっちまった……」

利那をここまで追い込んだのは久しぶりだった。

滅多にこんな事態にはならないのだが、それは「あとの報復が怖いから」という理由で自制しているからに他ならない。

（まずい、半殺しにされっかもしれない…）

しばし頭を抱えてから、俺はとりあえず後始末をするためにベッドを抜け出した。


ありがたいことに、というべきか。

利那は昨夜の5ラウンド目の情事をほとんど覚えていなかった。

「昨日は調子こいてスンマセンでしたっ」

目覚めた利那に俺は開口一番で謝ってみたのだが、当の利那は「え、何が…？」と見当がつかないといった感じで首を傾げていたので、この件に関してはスルーに徹することにした。

もし覚えていたのなら、起きるなり横四方固めを食らわされていてもおかしくないのだ。こう見えて柔道と合気道と空手の段を持っている利那には、なるべく逆らいたくないと思う。

「あれ、もしかして絶頂オチした？」

「――えーと、風呂のあとも一回ヤッたんだけど…」

「そうだっけ……あんまり覚えてないや」

きっと連日連夜の荒淫で、記憶があやふやになっているのだろう。

「そんじゃ、昼メシ作っから。シャワーでも浴びてきたら？」

ぼんやりとした顔つきで寝癖のついた髪を揺らしている刹那を早々にバスルームに押し込むと、俺はコンロに火を入れ、オリーブ油を引いたフライパンを乗っけた。

ここに居座ることを決めた時点でいくつか新しいレシピをネットから仕入れたのだが――言うは易《やす》し行うは難《がた》し、とはまさに料理のことを指した言葉なのではないかと思うほどに、レシピどおりの完成品を作るのがいかに難しいかを俺はここ数日で痛感しまくっていた。――自炊の必要がない実家組の癖に、なぜかプロ級の腕を持つメガネをいまなら尊敬してもいいような気がする。

けっきょく今日の昼食は、二日目に作って成功したジャーマンポテトと買い置きのクラッカー、それからコーヒーという、何ともチャレンジ精神に乏《とぼ》しい味気ないメニューとなってしまった。

「野菜足んねーな、これじゃ…」

「あとで野菜ジュースでも買ってこようか？」

「あ、その意見採用で」

バスローブ一枚というけしからん姿でテーブルについた刹那からさりげなく目を逸らしながら、俺は湯気の立つブラックコーヒーを刹那の前に置いた。

(早く終わんねーかな、ヒート…)

そんなことを切々と考えながら、一度手を合わせてから食事をスタートする。

昼食というにも遅い時間に二人で食卓を囲みながら、刹那は朝刊を、俺はテレビを見る風景もそろそろこの殺風景な部屋に馴染んできた頃だろうか。とはいえ学校がある間はここまでの連泊は望めなかったので、こうして二人ですごす時間に俺自身がまだ馴染めていない感覚があった。

「今日は出かけないんだっけ?」

「あー…そのつもりだったけど、ちょっとだけ出てくる」

「帰りは?」

「そんなに遅くならないと思うよ。日没までには戻れるんじゃないかな」

こんな新婚じみた会話をするのも、なんだか照れくさくて落ち着かなくもあるのだが――。

(束の間の夢っていうかね)

こんなのは永遠には続かない、ママゴトじみた日々だという自覚があるから、照れくささの中にも同じくらいやりきれなさと虚しさが含まれているのだろうと思う。

なるべくいつもどおり振る舞っているつもりだが、ふとした瞬間に刹那が見せる表情にサクッと胸に突き刺さる釘がある。すぐに笑顔を取り戻す刹那に、俺も刺さった釘を抜いて笑ってみせるのだが、胸に点々と残るその跡に空調の風が時折、沁《し》みるような気がした。

刹那の胸の傷はその比じゃないだろう。そのうちの一つだけでも、明かしてくれればいいのにと思うも、それはまたそれで刹那の性格ではきっと痛みを伴うのだろう。

(癒しも救いも俺にはできないけど――)

こうして近くにいることで、少しでも辛さが紛れるのなら本望《ほんもう》だった。

「ねえ、今晩こそは『プレイ』しようね」

「……うわ、そこは覚えてるんだ」

「フフフ、断片的にだけど他にも思い出してきたよ」

ニヤリと不敵に笑ってから、刹那が意味ありげな流し目を送ってくる。反射的にひやりとした冷気を背中に流していると、「なんてね」と刹那が少女のようにあどけなく破顔した。その無邪気さすらが作為の仮面だとわかってしまう自分が、いっそ呪《のろ》わしく思えてくる。

「ごちそうさまでした」

「うっす。じゃ次、洗濯すんで。何か洗うモンあったら脱衣カゴに突っ込んどいてクダサイ」

食後の片づけは刹那に任せて、昨夜汚したシーツと衣服とを洗濯機で回すことにする。それをベランダに干す頃になって、スーツに着替えた刹那が顔を覗かせた。

「あれ、ずいぶん改まった格好じゃん」

「ちょっとね。じゃ、そろそろいってくるから」

「お、いてらー」

「今夜は未亡人プレイでよろしく？　あ、社長令嬢誘拐《ゆうかい》編でもいいけど」

「何、そのマニアックな設定…」

「どっちでもいいから、つき合ってよね」

シーツのシワを伸ばしていた俺に駆け寄るなり、刹那が首に手をかけて目許に唇を寄せる。じゃーね、と左目の蛇に軽くキスしてから、最後にダメ押しのように舌先で蛇の輪郭をなぞられた。

「刹那さーん…」

「感じちゃった？　続きは今夜、ね」

わざとらしいウィンクを「はいはい」と片手で受け止めてから、俺は妙にかしこまったスーツに包まれた背中を見送った。まだ濡れている蛇を指の腹で撫でながら、やれやれ…と思う。

(こんな念押ししなくたっていーのに…)

求められることには応えられる範囲で全力を注ぎたいと思っている。刹那が悦楽を所望するなら、それを提供するのがいまの自分にできる精一杯だった。快楽に逃げなくても済むくらいに、あの人が冷静さを取り戻したその時が、この泡沫《うたかた》の日々の終わりだ。それも遠くない未来の話だろう。

「あーあ」

街並みから青空に向かってモクモクと伸びた入道雲を見ながら、その崩れ加減に夏の終わりを見た気がした。どのみち夏休みが終われればこんなこともしていられない。

洗濯物を干し終えて室内に戻ると、携帯にメールの着信があった。缶コーヒーを手にソファーに腰かけながら、誰からだろうと何の気なしに開く。

「……あ」

ごめんね、というタイトルのそれは刹那からのメールだった。

迷惑をかけてること、俺の気持ちを利用してること、自分に素直さが足りないこと、そんなことを謝る文面がつらつらと並んでいる。『でもこんなふうに甘えられるの、ミツしかいないんだ』と続いていて、最後は面と向かって言えないことを詫びる文面で締め括られていた。

（そっか、その可能性は考えてなかったな…）

自分の存在自体が、ある意味では刹那の傷になっていたのかもしれないと思う。でもそれをこうして打ち明けてくれたことは単純に嬉しかった。

思えば何度かは、自分の前でも仮面を外してくれていたなと思う。こちらからは踏み入らず一線を守ってきたつもりだが、そのさなかで見せられた刹那の内情に心を軋《きし》ませつつも、一方では頼られる喜びを感じてもいた。この人を支えたい、という気持ちだけなら以前よりも膨らんでいる。だが。

最後の文から十行近くの改行を挟んで書き添えられていた追伸に、俺は無言で髪を掻き上げた。

『いままでありがとう』

メールはそこで終わっていた。

これからもよろしく——とは、続いていない。

缶を呷《あお》って空にすると、俺は窓枠で四角く切り取られた青空にもう一度目を留めた。舌に残るまろやかな甘みを、すぐにコーヒーの苦味が上書きしていく。

（……最後まで苦い青春になりそうだな）

そんな予感を胸に、俺は空調の設定温度を上げた。

でもいくら上げても胸に吹き込む隙間風の冷たさは変わらない。仕方がないので睡魔を呼んで、俺はしばし苦い現実から目を逸らすことにした。リビングを出て、刹那のベッドに潜り込む。

——自分を揺り起こす声に気づいたのは、それから二時間ほどしてからだった。

「おいヒデ。靴下の換え、どこにあるかわかるか」

「へ……？」

目を開いた途端、兄の顔が飛び込んできて軽く面食らう。反射的に「そこら辺じゃねえ…？」とクローゼットを指差しながら、俺は自分が枕に頰を埋めていることに気づいて慌てて身を起こした。

（やべえ、か…？）

自分の留守中に刹那のベッドで眠り込んでいた弟を、兄はどう解釈したのだろう。

あーこの辺だな、とクローゼットの中身を漁《あさ》っている背中を、じっと見据えながら俺は慎重にベッドから足を落とした。だが観察する限りでは、義継はまるで気にしていないように見える。

「つーか兄貴、出張は…」

「あ、アレな。今日の夜に出発が延びてさ。ついでだから着替えでも仕入れるかーと思って寄ったんだけど、刹那いなくて焦ったわ。いやあ、おまえがいてくれて助かった……って、あれ？　トランクスはどこだ？　ああいいよ、寝てろよ」

「こんなガサガサされちゃ寝てらんねーし…」

この家で兄と鉢合わせたのはこれが初めてだった。ヤるために訪れることがほとんどだったので、その辺りのタイミングは刹那が細心の注意を払っていたのだろうと思う。たまに遊びにいくことがあるとは以前から言っていたので、この状況にもさして疑問は抱いていないらしい。

自分の思いに後ろめたさはなかったが、それでも兄にはできるだけ知られたくないという気持ちがあった。弟の気持ちを知った天然がどんな言動に出るかも読めなくて怖いところだが、それ以上に知られたことによって刹那から距離を置かれる危険性の方が怖い。あの人のことだから兄が俺の思いを知ったら、ただの義兄弟に戻ろうとするだろう。

まるで初めから何もなかったかのように。

(それに比べたら現状の方がはるかにマシだ…)

藪《やぶ》から蛇を出さないよう留意しつつ、俺は兄に話の水を向けた。

「――にしても、兄貴の服って刹那さんが管理してるわけ?」

「おう、最初に言われたんだよ。おまえは散らかす天才だから収納の管理は僕がするってね。おかげであいつがいないと、どこに何があるかもわっかんねーの」

ハハッと明るく笑いながら、義継が手にしていた衣服をぽいぽいとベッドの上に放る。なるほど刹那の言うとおりだ。兄がきて五分もしないうちに、部屋の中はあんまりな惨状になっていた。

「よし、こんなもんか」

「……うわあ」

義継がひととおりの服を物色し終えた頃には、小綺麗に整っていた寝室は空き巣が入ったかのような状況に一変していた。祖父の家で一緒に暮らしていた頃から確かに義継にはそういう傾向があったが、さすがにここまではひどくなかったように記憶している。

「これ、誰が片すわけ」

「あ、俺……かな？　やべえ、一人で着替え出しすんの初めてだ、俺」

（ちょっとこれ、過保護すぎるだろう…）

これは確実に刹那のつけた悪癖だ。西条さんも苦労するだろうな…としみじみ思ってから、俺はそこらに転がっていた靴下を手に取った。フローリングに蹲《うずくま》りながら荷造りをする背中を狙って、それを投げつける。

「んん？」

「刹那さんに会ってけよ。じきに帰ってくっから」

「あー、時間ギリまではここにいるわ。俺もあいつとちゃんと話したかったし」

「つーか、ここにくること言ってあるわけ？」

「うんにゃ。その場の思いつき」

義継の帰りを待ち侘びていた刹那の心遣いを思い出しながら、せめて連絡の一本くらい入れてから顔を出せばいいのに…と兄のタイミングの悪さと考えなしとを呪う。

それにしても——だ。

（えーと、見なかったことにしよう…）

スーツケースにこれまたひどい有様で衣服を詰め込んでいる兄を尻目に、俺は意地でも手を貸さない決意を固めた。こういうタイプは横から手を出すのが何よりためにならない手合いなのだ。しかし奮闘するも収まりきらない荷物に途方に暮れたのか、義継がやがて捨てられた子犬のような目でこちらを振り返った。

「どうしようヒデ、入らない…」

見つめ合うこと数十秒——最終的にいつも俺が負けて腰を上げることになるわけで。

「あのな、こんな詰め方したらシワだらけになんだろ？　したらけっきょく使い物になんねーわけ。服は丸めて巻物のように詰めてくんだよ。ドゥユアンダスタン？」

「アイシー、アイシー」

わかっているんだかいないんだか、俺の見よう見真似で荷物を詰めはじめた手つきを隣に座って監督しながら、そういえば兄とこんなふうにゆっくり話すのも久しぶりだな、と思い至る。先日ホテルで会ったのが、春休みに実家で顔を合わせて以来のことだ。

俺よりも早く仕事をはじめ、いまでは本格的に古閑の仕事を請け負っている兄なら父親とすごす時間もそれなりに多いはずだ。

「——あのさ」

以前から気になっていたことを訊くには、いまが絶好のチャンスだという気がした。

「俺って、何で親父に嫌われてんの？」

「ん？　べつに嫌っちゃいねーだろ。つーか親父はおまえのこと買ってるぞ。いまも昔もな。何しろおまえに『蠍』を譲ろうとしてたくらいだし」

「……ガセじゃねーのかよ、それ」

「いや？　普通にまじな話だぞ。これは大物になる、ってよく褒めてたじゃねーか」

「そんな覚えねーし」

「ああ、小さかったおまえは覚えてないか。親戚連中にもよく言って回ってたよ。おまえは大成するってな。ところが抜け駆けするようにジーさんがおまえに『蛇』を彫っちまったってわけだ。揉めてたなぁ、あん時は」

「へえ…」

その辺りのことはよく覚えていない。祖父は「誕生日プレゼントをやろう」と言って、五歳の俺に蛇を彫ったのだ。それがそんな大それた意味を持つとあの時点では思っていなかった。当時、祖父の刺青の図柄に憧れていた俺は単純に同じモチーフを入れてもらえたことを喜んでいた。

春休み明けに京都に戻った時点で本家の者たちが騒然としていたのはうっすらと覚えている。その後すぐに東京へと引っ越す手はずが整えられ、父親とはろくに話す間もなく京都から追い出されたのだ。まさに厄介払いといった態で――。

「親父とジーさんってもとから仲よくねーからな。それに親父が元は『蛇』を欲しがってたのはおまえも知ってるだろ？　親父の兄弟で『蛇』を継げる才はないとかって、全員をジーさんが突っ撥《ぱ》ねたのも有名な話だし。だからまあ、おまえに対して複雑な思いは多少あるかもしんねーけど、それでもおまえに期待してんのはホントだよ。俺はしがない『蜘蛛』だからなぁ」

期待とは最初から無縁だし、と義継が笑う。

（そんなことねーだろ）

「諜報《ちょうほう》の型」とされる『蜘蛛』は、序列でいえば四位の型だ。だが仕事の依頼頻度《ひんど》でいえばこちらの方が圧倒的に高い。そんなこともあり忙しく飛び回っている義継は、立派に父の片腕を務めているではないか。対する自分はといえば、あくまでも駒としか見做《みな》されていない実感がある。能力が重宝されているのは本当だろう。だがそこに信頼を感じたことは一度もないのだ。

「そんなの、チカの妄言《もうげん》だと思ってた」

不器用な手つきでスーツケースに衣服を詰め込んでいく作業を見守っていると、ややして兄がその手を止めて「あいつなー」と表情を和ませた。

「おまえに構って欲しくてしょーがないんだよな。年も近いし。俺にゃ全然懐かねーから、逆に羨ましいくらいだぜ」

「代わってやろうか？」

「向こうが願い下げだってよ。ま、そんだけあいつにゃ甘えられる存在が少ないってわけだ」

「――なら、もうちょっと可愛く甘えてくりゃいいのにな…」

胡坐《あぐら》をかいた膝に片肘を乗せて頬を預ける。傾いだ視界で再開された手つきを眺めながら弟の生意気な面構えを思い浮かべていると、ふいに義継が声のトーンを引き下げてきた。

「性格的にそうもいかねーんだろ。意志と我《が》の強さを買って親父も『蠍』に任命したんだろーけど、俺もあいつには『蠍』が合ってると思うよ。ジーさんの見立ては全部あたってたな」

「見立て？」

「ジーさんは親父に『蠍』を継がせたかったんだよ。一族の中でも栄《は》えある型をな。それに『蛇』の隠密《おんみつ》性にあの性格は向いてないってよく言ってたぜ」

「俺は向いてんのかよ」

「おまえが最適だって言ってた。だから親父がおまえに『蠍』を継がせようとしてんの知って、先手を打ったんだろ。親父はその辺、ジーさんが死んでからようやくわかったらしいな」

祖父の死後、一度は呼び戻そうとした理由がおぼろげながらもつかめたような気がした。

自分に見えている父とは、ずいぶん違う父親像が兄には見えているのだろう。思えば父親とまともに向き合った経験はない。口数の少ない父と、減らず口を叩く俺とでは会話は成り立たないと最初から決めつけていたことにいまさらながら気づく。

頬杖をついたまま無言でフローリングの板目を眺めていると、「うりゃっ」というかけ声とともに急に額に張り手を食らった。その突拍子《とっぴょうし》のなさに思わず脱力する。

「……何？」

「おまえは何でだか、自分を過小評価する癖があるよな」

「んなことねーよ」

「あるっつーの。おまえの仕事ぶりにゃ周囲も感心してんだぜ？　おまえは情にゃ脆いけどそれに流されない冷徹さと計算高さがあるってな、親父も誉めてたし……まあ、そんなこと面と向かっちゃ言わねーだろうけど。親父も不器用だからさー」

（ホントかよ…）

しばし疑いの眼差しで兄の横顔を見つめてみるも、この状況でこんなにタイミングよく気の利いた嘘がつけるくらいなら、いままで兄関連でしてきた苦労は何だったのかという話だ。基本的に嘘のつけない性質《たち》なのだ。

「親父はおまえと、酒呑みにいく日が楽しみらしーぜ？」

「……あっそ」

そんないかにもな場を提供されたら、逆に照れくさくて何を話していいかお互いわからなくなりそうなものだが。それはそれでいいのかもしれない、と思った。

自分の中にある父親像も、ある意味では正しい一面なのだろう。だがそれ以外にもたくさんあるらしい父親の側面に、初めて興味を抱けた気がした。それだけでも大きな変化だ。

「やー、ヒデがいてくれてまじ助かったわ」

「ハイハイ、どーいたしまして」

けっきょく義継の荷造りにはトータルで二時間近くを要した。それから二人で、というかほぼ俺一人で寝室を片してからリビングに戻った時には陽はすでに赤く染まりかけていた。礼に茶を淹れるという兄がプーアールの茶葉を床にぶちまけたところで、やむなく選手交代するはめになったのは言うまでもない。ほどなくして湯気の立つカップを目の前に置くと、兄が感心したように手を叩いた。

「男もこれくらいはできなきゃダメだよな。俺、おまえに弟子入りするワ」

「悪いけど門前払いすっから」

「ちぇー。都《みやこ》さんだって自立した男が好きだろうし、せめてお茶くらいは…」

ブツブツと言いながら急須《きゅうす》の蓋《ふた》を開けたり閉めたりしている兄の横顔は予想外なほど真剣だった。

「西条さんとは一緒に暮らすの？」

「ああ、九月には仕事も落ち着くからな。新居探しからはじめるよ」

「じゃあ、この家はどうすんの？」

「ここは刹那の家になるな。一人じゃ寂しいだろうから、おまえ遊びにきてやってくれよ」

「――わかった」

こんなに広くガランとした部屋で一人暮らしている姿を思い浮かべると、ズキンと心臓が痛む。自分が何か言ったところで止められない歯車があちこちで回っていることを、俺は急に実感した。

「そういや、こないだトワさんに会ったよ。あのホテルでさ」

「へーえ」

聞けばあの日のことだというので、刹那は永遠と会っていたのかもしれないなと思う。

刹那はともかく永遠の方は弟のことが気に入っているらしく、たびたび食事や遊びに誘われるのだと嘆いていた刹那の渋面を思い出す。刹那自身は実兄のことを好ましく思ってはいないのだ。その一番の理由はといえば――これではないかと俺は思っている。

「いやー、相変わらず可愛かったなぁ。ウエストなんかこうきゅっと引き締まってて、男の俺でもグッとくるものがあるんだよなぁ」

「あっそ」

「コンパクトで童顔なところも相変わらずでね。あの舌っ足らずな声も愛らしいよなぁ」

永遠の話題が出るたびに、義継はこうして褒め倒すのだ。

刹那の兄とは自分も何度か顔を合わせているが、確かに義継の言葉に誇張《こちょう》はない。さすがは叶の血縁というべきか、刹那のしっとりと落ち着いた美貌とはまったく正反対の容姿と雰囲気を持ちながら、刹那以上の色気と愛想とを振りまく永遠の存在は魔族界でも有名だった。

素直で愛らしく、好かれやすい性質の兄に対してもともとコンプレックスはあったのだと――いつになく悪酔いした晩酌の席で刹那から聞かされたことがある。それを決定的にしたのが義継の一言だったということも。

「初恋相手なんだろ、兄貴のさ」

「トワさんが？　まあなぁ。でも、本当のことを言えばさ――…」

（え……？）

淡く遠い、初めての恋について。

兄がどこかばつが悪そうに話すのを、俺は持ち上げたカップの中身をじっと見据えながら聞いた。

指のわずかな震えに反応して、琥珀《こはく》色の表面がじわじわと揺れる。

「ただいまー」

義継の帰宅から、三時間遅れで帰ってきた刹那の声が聞こえたのがちょうどその時だった。

あらかじめ義継の在宅をメールで知らせておいたので、対義継用の仮面をきっちりと被った刹那が笑顔でリビングに現れる。

「おかえり義継。全然連絡ないから、どっかでのたれ死んでるのかと思ったよ」

「悪いなぁ、忙しくてさ」

「おめでたい話も聞いたよ？　いい人に出会えてよかったじゃない」

「ありゃ。すっかり話回ってんのか」

照れくさそうに頭を掻く義継に、穏やかに笑いかけながら刹那が向かいの椅子を引く。

（――ん…？）

その時覚えた違和感を、何て説明すればいいのかわからない。

「あー…えーと、お茶淹れてくるわ」

ほんの一瞬で消えた感覚に、俺は内心で首を傾げながら席を立った。

兄の話の余波でまだ動揺の残る手を叱咤しながら、二人が話している間に利那のお茶を入れてテーブルに戻る。頬を染めて馴れ初めなどを話している義継に思わずカップの中身をぶちまけたい衝動を堪えながら座ると、「ちょうどいいから聞いてくれる？」と入れ違いに立ち上がった利那が急に改まった様子で背筋を伸ばした。

「利那さん…？」

「あのね、二人に報告があるんだ。――僕、離婚しようと思う」

「え……」

固まった俺とは対照的に、義継が「おおっ」と歓声を上げてその場に立ち上がる。

「ということはっ」

「うん、僕にも好きな人ができたんだよ」

はにかんだような笑みを浮かべながら、利那が照れ隠しのように自分の頬を指先で撫でた。直後に感極まって抱きついた義継が、「よかったな！」と連呼しながらその背を抱き締める。

（利那さん…）

兄には見えなかったろう表情が、その肩越しに俺には見えた。

歓喜と悲嘆を同量ずつ入れてかき混ぜたらこんな顔になるだろうなという表情で、利那がおずおずと義継の背に手を回す。細い腕に力が籠められる。途端に苦しそうに眉を寄せて目を瞑ると、利那はギュッと義継の体に縋った。――見ているこっちの胸が痛む光景だった。

(これが刹那さんの出した答えってわけか…)

刹那の嘘を真に受けた兄は、よかったな…と何度も呟きながら涙ぐんでいる。同じように涙ぐんだ刹那が兄の肩口で「大好きだよ…」と唇だけで呟くのが見えた。それを最後に腕を解くと、刹那は泣き顔になっている兄に困ったように笑いかけてみせた。

一つの綻びもなく、完璧に作り上げた仮面で――。

「困ったな、どうして義継が泣くの?」

「お、おまえの幸せが喜ばしいからに決まってるだろ…っ」

「あのね、成就《じょうじゅ》するとはまだ決まってないよ。でも――頑張るからさ」

いままでありがとう、と刹那が義継の手を取り強く握り締める。先ほどの抱擁とは違い、友情を強調するようなその仕草に俺はただ視線を据えていた。

(これが、俺の恋の結末ってわけか)

何も知らずに男泣きしそうになっている義継にも、誰にも何も言わず一人で結論を出してしまった刹那にも、かけたいと思える言葉がなかった。理不尽な憤りがフツフツと湧き上がってくるのをぐっと堪えて唇を噛む。

(しょーがねえけどさ……しょーがねえけど…)

どんなに関わりたいと思っていても、けっきょく自分は部外者以外の何者でもないのだ。

どんなにそれを望んでも、どれだけ奔走し心を痛めても、カチカチと回り続ける歯車に俺は関与できないということだ。その事実に打ちのめされたまま、静かに席を立つ。

知ってはいた、いつかこんな日がくることを。

でも「わかって」はいなかったんだろうなと思う。

俺があの人を好きでいる限り、あの人が俺を思わない限り――いつかはこうなるのだ。

（そうか。だからあんな格好してたのか）

離婚する、とこちらに告げる前にその決意を実家に伝えにいったのだろう。決心が鈍る前に。

不穏な歯車が回りはじめるのも時間の問題だろう。刹那がこれからどうする気なのかは知らない。

まともな結果を予定しているとも思えない。こんなのはただの自暴自棄《じぼうじき》だ。

たった一言でもいい、なぜ自分に相談してくれなかったのか。

兄だってそうだ、そんな思いがあったのなら俺にだけでも明かしておいてくれれば……。

「――……っ」

口を開くと恨みごとばかりが零れそうで、俺は唇を噛み締めながら足早に部屋を出た。そのままマンションのエントランスに向かう。

勝手にすればいい。そんな思いだけが胸を占めていた。

いくらだって好きにすればいいのだ。兄も、刹那も、『古閑』も、『叶』も――。

携帯に刹那からの着信が入る。電話には出ず終話ボタンを押すと、俺はその番号を着信拒否に指定した。それから八月後半はどこかへ旅行にいっていると言っていた、友人の携帯を呼び出す。

「あ、八重樫《やえがし》?」

ほどなくして出たメガネの情報魔に、知りたいことだけを手短に伝えると俺は数日ぶりに帰る家を目指した。誰もが自分勝手に振る舞うというのなら。

こちらも思うとおりにするまでだ——。

禁断の章

1

いつか、こんな日がくるんじゃないかと思っていた。

もしその日がきたらこうしよう——と、これはずっと決めていたことだ。


(ミツ……)

一度は呼び出し音の聞こえた携帯を諦めきれずにもう一度発信する。だが何回かけてもそれからは機械的なアナウンスしか応えてくれなくて…。僕は四度目で諦めて携帯を閉じた。

「急にどうしたんだろうな、ヒデのやつ」

義継《よしつぐ》がカップを手にしながら呑気《のんき》に首を傾《かし》げてみせる。

「——そういえば、友達と出かけるって言ってたから。その約束に遅れそうなのかも…」

無言で席を立った光秀《みつひで》の行動に対して、とりあえずあたり障りのない「理由」をつけてみると義継は素直に「じゃあ仕方ないかー」などと返してくる。

いつだってそうだ。義継は僕の嘘《うそ》に簡単に騙《だま》されてくれる。

僕が嘘をつくなんて夢にも思っていないのだろう。これまでどれだけの嘘をついてきたか、真実を告げたら君はどんな顔をするだろうね。きっとその真実こそが嘘だと、君は思うのだろう。

（そういうところも好きなんだけど…）

トータルで何年この親友を思い続けたのだろうと、向かいの席でカップを傾けながら思う。

きっかけは――義継にしたら恐らく些細《ささい》なことだったはずだ。些細すぎて、もしかしたら覚えてもいないかもしれない。でも初めて会った日のことを、僕は生涯忘れないだろう。


初等科四年の五月、義継が編入してきたあの日も僕はいつものように、教室でクラスメイトたちの辛辣《しんらつ》な視線に四方から晒《さら》されていた。破られた体操服とともに机に置かれていたノートの切れ端には、子供じみた、けれど悪意に満ちた言葉が羅列されていたのを覚えている。

昔から『叶《かのう》』の名のおかげで、陰口を叩かれるのにも面と向かって暴言を吐かれるのにもすっかり慣れてはいたのだけれど、当時、彼らは僕の持ち物にあたることを覚えたばかりで、日に日にその所業をエスカレートさせていたのだ。教師をはじめ大人に色目を使われる子供というのは、同年代からすればそれだけ異質な存在だったのだろう。

（くだらない…）

好きでそう生まれたわけじゃない、と反論する気すらもその頃の僕はすでに失っていた。

「そんだけ露出度が高けりゃ、体育の成績も上がんじゃねーの？」

いまでこそ健康な体を手に入れたけれど、初等科時代の僕はかなりの虚弱体質だった。体育を見学してばかりいる僕に対して親切でやったのだとクラスのリーダー格が笑うと、取り巻きたちがすぐに尻馬に乗ってくる。往々にして男子よりも早熟な女子たちは、いつもこういったやり取りがはじまると遠巻きに眺めているだけだった。それが日常の図式と化していたのだ、その日までは。

「お、ピアスだ。かっこいいなぁ」

こともあろうか、そんな能天気な台詞でその構図に割り入ってきた編入生に面食らったのは、その場にいた全員だったろう。義継は僕の耳に嵌《は》まっていたピアスに興味を示して近づいてきたのだ。

「君にすごく似合ってるよ、それ」

「え、あ、ありがとう…」

反射的に礼を言った僕に、義継がニッコリと笑顔を浮かべる。物心ついた時にはもう左耳に嵌められていたピアスを、誰かに褒められたのもこれが初めてだったと記憶している。

その場に流れていた空気をたった一言で一蹴《いっしゅう》して食い込んできた編入生に、リーダー格がうろたえながらもお決まりの忠告を挟む。

「こいつの味方すんなら、おまえも同じ目に遭わせるぞ」

「え、何が？　って、うわあ……この体操服ビリビリじゃないかぁ」

義継としてはそこで初めて僕の手許に意識がいったらしい。いまさらすぎるその言葉に反応できずにいると、この不可思議な編入生はそこでようやく明るかった表情を曇らせはじめた。しかし。

「もしかして今日、体育あんの…？　昨日そういう連絡もらったような気もすんだけど、何も準備してきてないんだよね。これって購買で売ってたりする？」

続いた言葉にクラス中が呆気《あっけ》に取られたのは言うまでもない。

言葉が通じないのかと思うほどに、義継はこの頃から天然加減を全開にしていたのだ。

普通こういうの購買にあるよね？　と再度心配げに訊《たず》ねる義継に取り巻きの一人が思わずといった態《てい》で頷く。それに安堵《あんど》を得たように胸を撫《な》で下ろすと、義継は「じゃ、ちょっといってくる」とあっさりと踵《きびす》を返したのだ。だが教室を出る寸前になって、購買の場所に心あたりがないことに気がついたのだろう。「そもそも購買ってどこ…？」と、迷子の子犬のように心細げに振り向いた義継と目が合った瞬間、僕は意識するよりも前に「一緒にいくよ」と声をかけて歩きはじめていた。

思えば最初からすっかり義継のペースに巻き込まれていたのだ。

初日がこんな調子だったので、クラスの面々も日常のサイクルを取り戻せないままにそれからの日々をすごすことになった。

「叶くん、食堂ってどこだっけー？」

一緒に購買にいったのをきっかけに、義継は翌日から何かと僕に声をかけるようになっていた。裏表がなく人好きする義継の性格は、クラスで孤立していた僕といてさえ絶大な効力を発揮し、気づけば周囲に人を集めていた。数ヵ月後にはクラスまでが義継を中心にまとまるようになっていた。義継自身は何も意識していないにもかかわらず、教室にあの歪《ゆが》んだ構図が現れることは二度となかった。

いつだったか義継に訊ねたことがある。『叶』の血筋のせいでいじめられていた僕を助けてくれたのか？　と。答えは否だった。「刹那、いじめられてたのか!?」とその時になって憤慨していたので、本当に気がついていなかったらしい。そんな人柄に救われたのも確かだ。でもそれ以上に、叶の血を気にせず接してくれる義継に惹《ひ》かれていたのだ。

幼少時から一貫して、自分の周りには名乗るだけで目の色を変える者たちしかいなかったから。目に見えて好色そうな色を浮かべる男たちに、嫌悪の表情を隠そうともしない女たち。そういった大人の反応に敏感な子供たちはなおさらだった。

義継に出会うまで、僕には友と呼べる存在が一人もいなかったのだ。

『どんな家に生まれてようと、刹那《せつな》は刹那だろ？』

そう言ってくれる義継の存在がどれだけ僕の心を癒し、支えてくれたろうか。

「――本当にありがとう」

カップから視線を上げないままに小さく呟くと、聞き逃したらしい義継が「んー？」と間延びした調子で聞き返してくる。周囲に流されず、我が道を行く義継の性格や生き方にどれだけ救われたかわからない。だが、それは同時に険しい茨《いばら》の道程でもあった。

(好きになんてならなければよかった)

何度そう思ったか知れない。恋が頭でするものなら、自分はもっと歩きやすく平坦な行程を選んでいただろう。誰にも迷惑をかけない、誰もが賛同してくれるような…。

「ううん、何でもないよ」

「そうかー？　それにしても長いような短いような六年だったなぁ」

「……そうだね」

　この恋を知るまでは、家の決めた相手と無難に縁を結び生きていくのが一番なんだと僕は信じていた。科された重荷を背負い、義務をはたすのが自分の役目なのだと。

　あらかじめ決められていたその道を捨てたのが、十六度目の誕生日を迎えた夜——。

（魔が差したんだ…）

　いま思えばそれ以外の何物でもない。成熟したばかりの体で間違いを起こせば、もしかしたら違う道を選べるかもしれない。そう思った時、目の前にいたのが義継だったのだ。他の誰でもない、自分が恋焦がれ続けた存在。手の届く距離にいる義継を前にして、僕は衝動に身を任せてしまったのだ。

　いや——…それも所詮《しょせん》は小狡《こずる》い言い訳にすぎない。初動は勢いでも、その後の計算に僕は慎重を期したのだから。少しのミスもないように、細心の注意を払って万全の策を練った。だがそうして手に入れた義継の「妻」という座は、空っぽの王国の玉座のようなものだった。

　居心地の悪い椅子に何年座り続けたところで慣れるものではない。

（だから、これも当然の報いだよね……）

　あの夜から今日まで続いていた一本道がこれで途絶えたのだと、懐に忍ばせた紙片のカサつきがさっきから告げている。逡巡《しゅんじゅん》ののち、ようやく取り出したそれを僕は手早くテーブルの上に広げた。

「これ、僕の欄はもう埋めたからさ」

あとは義継の記入を待つばかりの離婚届を前にした途端、危うく表情が崩れそうになる。スーツの胸ポケットに引っかけていたメガネをかけると、僕は唇の笑みを努めて強調した。

「お、あとで書いとくよ。早く出した方がいいよな？」

「いや、そこまで急がないよ。――ついでと言っちゃなんだけど、義継の都合がいい時に出しておいてもらえると助かる」

「お？　ズボラな俺《おれ》に預けちゃっていいのか？」

義継が虚をつかれたようにポカリと口を開く。それを見ながら僕は「ウン」と言葉だけで答えた。頷いたら溜《た》まった涙が、いまにも零れてしまいそうだったから。

「義継に頼みたいんだ。いいかな…？」

「おーし、わかった」

忘れないように、と義継が腕にボールペンで「離婚届」と小さく書き込む。

「――お茶、冷めちゃったね。お湯沸かしてくるよ」

その光景から目を逸らして立ち上がると、僕は足早にキッチンに逃げ込んだ。

たかが紙切れ一枚で俺たちの関係は変わらない、と六年前に言ってくれた義継の言葉を思い出す。きっと今回も義継はそう思っているだろう。だが自分にとって、これは明らかな「決別」だ。

（もう、思いきらなきゃいけないんだ）

義継に好きな人ができたら、もしもその人が義継を選んだなら――。その時こそが潮時だとずっと前から決めていたのだ。潔く身を引いて、彼の前途を祝福しようと。けれど離婚届を義継に差し出すのさえ、正直かなりの勇気が要った。自分に託されたら提出できる自信がなかった。

(ミツが呆れるのも無理ないよね…)

ダラダラと今日まで思い続けた結果、はたして得たものが一つでもあったろうか？　失くしたものは数限りないというのに――たとえば光秀の信頼だって失った大きなものの一つだ。

「でも、これでいいんだ…」

いつまでもこんなダメなやつにかかわってる方がよくないに決まっている。光秀の前途にだって悪影響を及ぼしかねない。あるいは遅すぎた決断かもしれないけれど、それでも若い身の上だ。すぐにまた新しい相手を見つけて夢中になれるだろう。

自分には勿体《もったい》なさすぎたのだ、義継も光秀も――。

火にかけたポットから立ち上る湯気が狭いキッチンに充満する。その白さに紛れてメガネの曇りと涙を拭《ふ》くと、僕は新しくアップルティーの茶葉をティーポットにセットした。

義継はきっとこれからも、思いを告げない限りは自分のことを親友だと思っていてくれるだろう。その立場だけでも本当は贅沢《ぜいたく》な話なのだ。自分に何かあれば、義継はきっと全力を貸してくれる。

『僕、恋愛に興味が持てないんだよね』

中学時代、すでに恋心を自覚していた僕に何度となくコイバナを持ちかけてくる義継を牽制《けんせい》するために持ち出したのがそんな嘘だった。結果「恋愛はいいぞー」という恋愛指南が今度ははじまったのだが、自分のそんな些細な言葉を義継はずっと気にかけてくれていたらしい。だからこそ見知らぬ相手のもとに嫁ぐ僕に同情し、「一夜の過ち」の時だって親身に庇《かば》ってくれたのだろう。

（それすら計算に入れて、僕は君との婚約に漕《こ》ぎ着けたんだよ）

ふいに、広げた両掌が汚れているような気がして水道のコックを捻《ひね》る。

水流では落とせない何かが、この手にはこびりついているのだ。手だけじゃない、全身にいまや染みついていることだろう。たくさんの嘘と罪悪感とが。

（本当のことなんて言えないよ…）

義継はいつだって真っ直ぐで嘘がない。好きな人ができた、という自分の言葉に感銘して涙まで流してくれるくらいだ。いまさらどの口で言えるだろう、君をずっと騙していただなんて。

親友として義継の隣に居続けるには、自分は汚れすぎてしまったのだ。

「思いきるしか、ないよね」

もう一度口に出して、そう自分に言い聞かせる。なけなしの勇気と矜持《きょうじ》を総動員して、逃げ道はすでに断ってきた。あとはこの後に用意される道程を、どこまでも転がり続けるだけだ。

義継の「恋」については、叶の家にもとうに知れていたらしい。他に愛人を作った夫など見限るべきだと、親族たちは顔を合わせるなり口を揃《そろ》えた。子供騙しの恋の結末など知れたことよと、それ見たことかと姉たちは弟の不甲斐なさをここぞとばかりせせら笑った。

『あなたの処遇については追って連絡します。それまでは下手に動かぬように』

姦《かしま》しかった姉たちを一瞥《いちべつ》で黙らせると、当主である母親は冷めた眼差《まなざ》しでそれだけを告げた。読めない表情の奥で張り巡らされた計算は、はたしてどんな境遇を自分に宛がうつもりなのか。

母親の視線を思い出すだけで震える体を自身で抱き締めてから、大きな深呼吸をくり返す。

(僕にはこの道しかないんだ…)

叶の血を引く以上、逃れられない宿命の渦中に本当はいつだって据えられているのだ。いままでは義継の厚意に甘えて庇われていただけで。

「あ、あー…」

二度ほど小さく発声してから声がいつもどおりなのを確認すると、僕はティーポットを手にリビングに戻った。兄弟の共同作業でようやく詰め終えたのだという荷物を傍らに、義継が携帯で誰かと話している。その口ぶりや表情から推すに、あのホテルで見かけた「彼女」が相手なのだろう。

新しいカップに少し時間を置きすぎた紅茶を注いでいると、義継が急に頓狂《とんきょう》な声を上げて腰を上げた。どうやら出発時間を派手に思い違っていたらしい。

「まずい、乗り遅れる…」

「大丈夫、とにかく慌てないで」

泡を食った様子で電話を切った義継が、スーツケースを引っ張って玄関に向かうのを慌ただしく追いかける。その途中で、いかにも重要そうな封筒がテーブルに置き去りになっていたのを思い出して取って戻ると、案の定だったらしく義継がこちらの手許を見るなり情けない様子で表情を崩した。

「そうだ、それがないと話にならないんだった…」

「義継はそそっかしいんだから、少しは自覚して動かないとね」

「俺は最後までおまえに頼りっ放しだな…」

「これからはもう少し、自立心を養うべきだと思うよ」

「おう、いままでありがとな」

これからもよろしくとつけ足される前に、僕はその鼻先に封筒を突きつけると「ほら、時間ないんだから」と最近ようやくスーツが板についてきた背中を送り出した。

「帰ってきたら連絡すっから！　部屋とか荷物のこととか、細かいことはまたあとでなっ」

「わかった。いってらっしゃい」

「みやげ、期待してろよ！　いってきまーす」

通路のあちこちにスーツケースをぶつけながら、エレベーターホールに向かう背中が見えなくなるまで開け放した玄関の扉を背に見送る。いってらっしゃいと義継を送り出すのは、正真正銘これが最後になるだろう。

(まったく、最後までこれなんだから…)

義継らしい顚末《てんまつ》に思わず苦笑してしまう。だが――。

「バイバイ、義継」

そう呟いた途端に、堪えていた涙が堰《せき》を切ったように溢《あふ》れ出した。

用済みになったメガネを胸ポケットに差しながらリビングに戻る。テーブルの上に広げられたままになっている離婚届を目にして、余計に涙が止まらなくなった。

こんな時そばにいてくれる誰かがいないことを痛感しながら、嗚咽《おえつ》を堪えてソファーに崩れ込む。

悲しい時や逃げ出したい時、いつでも隣で励ましてくれた存在はもういないのだ。

いなくなって初めて、自分が辛いどんな時にも光秀がいてくれたことを思い知る。

（ミツ……）

無駄とわかりながら携帯のリダイヤルボタンを押す。聞こえてくるのは変わらず、繋《つな》げない旨を伝えるアナウンスだけだった。閉じた携帯を握り締めながら、六つ下の義弟のことを思い出す。

義継との別離と同じように、いつかはこんな日もくるのだろうとずっと思っていた。覚悟もしていた。けれど想定していた以上の喪失感がいまは胸を占めていた。

（これは報いだね…）

光秀の思いを利用し、甘え続けていた自分には当然の罰だろうと思う。でも遅かれ早かれこうなっていたのだ。光秀が自分を思ってくれるのは嬉《うれ》しかったけれど、本当のことを知れば離れていくに違いない。彼は僕の汚さを知らないから——。

どんなに暗い執着を義継に抱いていたか、そしてどれほど周到に一計を案じて義継を手に入れたか、もしも知っていれば自分を慕ってなどくれなかったろう。

いずれ見限られて捨てられるくらいなら、自分で切り捨てて手放した方が何万倍もマシだ。

好きなだけ恨めばいいと思う。恨んで憎んで、それから呆れて忘れてくれればいい。

（ミツが思う価値なんて僕にはないんだから）

光秀の不在を悲しむ権利なんてそもそもないのだ。傷つけた許しを請う権利すらもない。自らの罪深さを悔いながら、日々を生きる以外に道なんてない。

滂沱《ぼうだ》の涙に暮れるうち、気づいたら完全に陽《ひ》が沈んでいた。

薄暗くなった室内に空調の稼動音だけが妙に響いて聞こえる。その低い唸《うな》りに、握ったままだった携帯の振動音が重なった。そんなわけない、と思いながらも震える指で携帯を開く。

「……ミツなわけないじゃん…」

あたり前のことなのに、ほんの一瞬に多大な期待をかけていたことを思い知らされる。

着信者の表示に出るべきか束の間悩んでから、通話ボタンに指を載せた。

「もしもし」

だが応じた途端に、通話はブツリと断ち切られてしまう。それを訝《いぶか》しむ間もなく、パッと急に灯された電灯が暗さに慣れていた網膜を焼いた。

「電気もつけないで固まってるから、死んでるのかと思ったよ」

（この声は…）

ホワイトアウトした視界に少しずつ色が戻ってくる。見ればリビングと廊下の境に、全身黒尽くめの男が立っていた。手にしていた携帯をポケットにしまいながら、男が薄笑いを浮かべる。

「生きていてくれて何よりだよ。君を喪うなんて考えたくもないからね」

「ここの鍵を渡した覚えはないんですけどね…」

「どうとでもなるよ、鍵くらい。――おや、ずいぶん泣いたようだね」

いつ会っても変わらない傍若無人さでリビングに踏み入ってくると、嵯峨野刀牙《さがのとうが》は着ていた季節外れの黒いコートをさっと脱ぐなりダイニングの椅子の背にかけた。

ヴァンパイアらしい黒い髪に黒い瞳――。好んで黒ばかりを纏《まと》うこの男とは、つい先日も顔を合わせたばかりだった。今日も先日と同様に、叶家からの要請を受けて動いているのだろう。

「あの日、あのホテルに僕を招《よ》んだのは故意だったんですね」

「そうだよ。君の旦那と愛人の姿を見せるためにね。おかげで君の決心も早くついたろう?」

しれっとした顔でそんなことを言いながら、刀牙がテーブルに放置したままだったアップルティーに手をつける。冷めきって芳醇《ほうじゅん》さの欠片もないだろう紅茶を一口含むと、刀牙は渋味を楽しむように、やや眉間《みけん》を曇らせながらフッと口許だけに笑みを浮かべた。

「十全だ。話は順調に進んでいるようだね」

その視線の先にあるのがこちらも放置したままだった離婚届であることに気づいて、僕はその楽しげな笑顔から目を逸らした。

「用があるなら早く済ませて帰ってください。僕も暇じゃない」

声が震えないよう努めながら、ソファーから降りてテーブルに近づく。刀牙の視線から隠すように用紙を掠《かす》め取ると、僕は手早く折り畳んだそれを懐にしまった。

刀牙が招かれざる客である以上、微塵《みじん》なりとももてなす気はない。だがこちらの意向を知ったうえで逆をつきたがるのが、刀牙の困った性分だった。居座る気充分で椅子を引く刀牙に、僕は仕方なくポットの電源を入れにキッチンにいった。

「それで、何の用件なんですか」

煎茶《せんちゃ》の湯呑みを目前に置いたところで、刀牙がようやく「そうだな」と本題に言及しはじめる。

「君のことだから、察しはついてると思うけどね」

言いながら黒いシャツの胸ポケットから取り出した何かを刀牙がテーブルの上に転がす。見覚えのあるその形状に、僕は内心だけでやっぱりか…と溜め息をついた。

古閑との離縁を決めた時点で、自分の身柄が叶家の支配下に戻されるだろうことは覚悟していた。だからそれも充分に予想圏内だ。

「六年も経ってますから。穴はとっくに塞がってますよ」

「知ってるさ。だから俺がきたんだろう?」

「あなたは血が見たいだけじゃないんですか」

「つれないね。これでも俺は心配してるんだよ、俺なりにね」

向かいから伸びてきた手が触れてこようとするのを身を引いて拒む。

「——今日はやけに素直だね」

それを楽しげに見やると、刀牙はニッコリと鮮やかに笑ってからピアスを手に席を立った。天《あま》の邪鬼《じゃく》な相手を前に、拒絶を露《あらわ》にするんじゃなかったと思うもすでに遅い。いい年をしていつまでも子供じみた人なのだ。

「君が協力的じゃないのなら無理強いしてもいいんだよ。俺はその方が楽しいけどね」

背後に立った長身が、ピアスを載せた掌を目前に差し出してくる。

六年ぶりに見るピアスはあれだけ長い間身に着けていたにもかかわらず、こうして改めて見ると異形のものに見えた。叶の家柄の「歪み」を端的に物語る物証でもある。

物心つく前にこのピアスを嵌められ、行動を監視されるのが叶家に生まれ落ちた子供たちに科せられる不可侵のルールだった。発信機も兼ねているこのピアスを身に着けている以上、あの家からは逃れられないのだ。婚約が決まった時点でようやく外される手錠にも等しい枷《かせ》――。

形状としては小さなバーベルのようで、ピアスの両端には小さな丸い石が嵌められている。昔、自分の耳に留められていたピアスはアメジストのような紫色を秘めていたが、このピアスには青い石が嵌められていた。その片方の石を外すと、鋭い針状の突起が現れる。一度嵌められると自らは外せない仕様になっていたので、こんなふうに間近に仕組みを見るのは初めてだった。

「穴なんかなくてもどこにでも刺せるんだよ。耳じゃなきゃいけないって決まりもないしね」

ピアスを持った右手をさらに目前に迫らせながら、刀牙が左手をスーツの合わせ目から差し入れてくる。シャツの上から肌を辿《たど》られながら、思わせぶりに胸の尖《とが》りに爪を立てられた。わずかな反応も返さないよう、自分を律して焦燥を押し殺す。執拗《しつよう》にくり返されても耐える僕にやがて飽いたのか、刀牙はスーツから手を抜くと「つまらないな」と小さくぼやいた。

「本当は舌か胸に開けたかったんだけどね。どちらもイヤらしくて素敵だろう？」

「そんな権限があなたにあるんですか」

「少しはあるんじゃないかな。俺は君の義兄にあたるわけだしね」

「あなたを義兄だなんて思ったことはありませんよ」

「なら家庭教師かな？　君とすごした日々はいまでも忘れられないよ」

したり顔で持ち出された話に、僕は苦い溜め息を嚙《か》み殺した。

六つ上の兄が『嵯峨野』家の三男である刀牙と結婚したのは、かれこれ十年近く前の話だ。

ヴァンパイアの中でも『嵯峨野』といえば、御三家の一つに数えられる名家だ。三男といえどそんな家柄との縁を永遠《とわ》が持てたのは、それだけ「叶の半陰陽」としての評価が高かったからだ。

微笑《ほほえ》み一つで相手を虜《とりこ》にし、ひとたび寝ればどんな相手もその体に堕《お》ちる――。そう評された兄と、僕は絶えず比較されながら育った。兄に比べればここが悪い、あそこがなってないと、毎日のように叱責《しっせき》される日々を送ったのだ。雄体の半陰陽として生まれたからには、叶に繁栄をもたらす存在にならなければ許されないのだと、そんな無言のプレッシャーがあの家には常に満ちていた。

『あなたはトワになりなさい、セツナじゃだめなのよ』

できすぎた兄が上にいる以上、弟の名はでき損ないの代名詞のように使われた。

（セツナじゃ誰も認めてくれない……だから）

うまく立ち回れない自分が嫌いだった。褒めてもらうために必死に頑張った。だが望まれる姿を目指せば目指すほどに、外ではその「異質」さを論《あげつら》われ、後ろ指を差されるようになった。そんな日々に揉《も》まれ、いつしか子供らしさを失い本当の笑顔を忘れても、周囲の者は誰も頓着《とんちゃく》しなかった。クラスでの孤立が進み、いじめが顕在化したのもその頃だ。

心を閉ざしかけていた僕に笑顔を取り戻してくれたのが義継だった。彼だけが何のしがらみもなく世間の先入観にも捉《とら》われず、ありのままの僕を見てくれたのだ。

義継の隣にいる間だけ、僕は「セツナ」でいることができた。家では変わらずトワを求められたけれど、僕は僕のままでいいんじゃないかと、そう思いはじめていた矢先に――。

僕は義継の初恋相手を知った。

『トワになる方法を教えてあげようか？』

存在意義で葛藤する僕に、刀牙はそんなふうに声をかけてきたのだ。

『俺なら君に、もっとたくさんのことを教えてあげられるよ』

勉強の遅れを取り戻すためという名目で、僕は刀牙のもとに通った。いま思えば、兄の目を盗んでその配偶者と密通する暗い愉悦《ゆえつ》も裏にあったのではないかと思う。けれど身を投げ出して得られた結果は、けっきょくはどうしたって兄にはなれないという実感だけだった。何度目かの夜、最中にふらりと現れた永遠に投げかけられた言葉がその決定打だった。

『わかってないね、刹那。快感がすべて――感情なんていらないんだよ』

何も考えず獣のように快楽を貪《むさぼ》ればいいのだと、こともなげに笑う兄に僕は言葉を返せなかった。

『もしくはゲームにしちゃったらどう？　僕のようにね』

兄の天然じみた言動の何もかもが計算であったことを、僕はあの日初めて知ったのだ。

感情を捨てて獣になることも、計算ですべてを割りきることもできない僕が手にできた処世術は、ただ「笑う」ことだけだった。兄のようにはなれなかったけれど、それでも相手を選んで笑うだけでそれなりの結果はついてくるようになった。生まれて初めて母にも褒められた。少しも嬉しくなかった。笑えば笑うほど、自分が小さくなって消えていくような気がした。

義継への思いだけが拠《よ》りどころだった。けれど、叶の家に生まれたからには選べる未来などないのだ。恋心を秘めたまま、そこそこの家柄と縁を結ばされるのだろうと覚悟していた。いや、諦めたつもりでいたのだ。――心の底で押し殺していた反動が、あの誕生日の過ちに繋がったのだろう。

『それこそが計算だよ、刹那』

義継との婚約披露の席で、僕の顔を見るなり兄はそう笑った。兄と同じ血が、確実にこの身にも流れていることを指摘されたような気がして、僕はますます自分が嫌いになった。

（好きになれたことなんて一度もないけど…）

老若を問わず、誰かに好きだと告白された回数は多い。「僕のどこを？」と問えば、たいがいの者は素直に容姿や体、家柄を挙げた。それだけ叶の半陰陽に、誰も人格は求めていないのだ。

刀牙も、自分を好きだと言い続けるうちの一人だ。もっともこの人は「相性」のいい相手にならば誰にでもそう声をかけるのだが。無節操を絵に描けば、刀牙の似顔絵ができるだろう。

「――ものは相談だけどね。刹那さえよければ、君を囲うのも俺には可能な話なんだよ」

「寝言ですか？」

「真面目《まじめ》な話さ。もしも俺を選んでくれるんなら、ピアスだって嵌めなくていいんだ。トワだってその方が安心するだろうし。また前みたいに、俺に甘い夜を提供してはくれないかい？」

これを本気で言っているのだから、何とも頭の痛い話だ。

刀牙が刀牙なら兄も兄だ――あのホテルで会った際も、永遠は何の躊躇《ためら》いもなく刀牙の愛人になることを勧めてきた。貞操観念というものを持たない兄に、刀牙はことのほかピッタリな夫だったのだろう。二人がどんな夫婦生活を送っていようと興味はない。どこで何をしていようと構わないから、自分にだけはかかわってくれるなと……言えるものなら言ってしまいたい。

天の邪鬼、という点でもこの二人は嫌というほど似ているのだ。

「僕のことは気にしないでください。早くピアスを」

すげなく事態の進展を促すと、刀牙は「ホントにつれないなぁ…」とぼやきながら左耳の耳朶《じだ》に触れてきた。消毒と称してねっとりと舐られるのにも無表情で対抗する。

「そういえば君の騎士《ナイト》がいないんだね」

「え？」

「君のそばにいつもいたオトートくんだよ。俺にもよく噛みついてたっけね。こんな事態になったいま、君を支えてるのは彼だと思ってたよ」

「……彼はもう戻りませんよ。僕が捨てたんです」

「ふうん？　そう簡単に引き下がるとは思えないけどね。君だってほら」

そんな死にそうな顔をしてるのに、と刀牙が喉《のど》の奥で小さく笑う。こちらの強がりなど見通していると言いたいのだろう。

「僕のことはいいから放っておいてください。ピアスを、早く」

「ずいぶん急かすね、よほど俺を追い出したいと見える」

軽口に終始していた刀牙がようやく手際を早める。そこからはあっという間だった。

耳朶に針先があてられたと思った直後に、一息に押し込まれる。小さな範囲に鮮烈な痛みと衝撃が走った。ブツ…ッと肉の裂けた音の余韻が左の鼓膜に残っている。

「君の血は相変わらず甘いね」

指先についたわずかな出血を舐《な》めながら、背後で刀牙がほくそ笑む。ほら、と手鏡を渡されて確認すると、左耳に小さな青い石が留まっていた。

「見ててごらん、君の血を得て色が変わっていくよ。青と赤が交じり合って紫になるんだ」

「そういう仕様だったんですね…」

「中世の魔具を模して作ったと聞いてるよ。血を通じて君の鼓動を本家に伝えるんだよ。どこに君が

いるかをね。これがある限り、君は叶家からは逃げられないんだ」

わざわざ言葉にして覚悟を確かめてくる刀牙に、そんな必要はないと伝えるためにぐっと下腹部に力を籠《こ》める。鋭く研いだ眼差しで振り返ると、僕は冷めた視線でかつての家庭教師を眺めた。

「あなたに言われるまでもない」

「――いい眼をするね。それでこそ俺の惚《ほ》れた刹那だよ」

「お世辞はけっこうです。これで用は済んだでしょう？　お帰り願えますか」

椅子に座ったまま退出を促すと、刀牙は「やれやれ…」と肩を竦めてからコートを手に取った。

「昔は従順で可愛《かわい》い子だったのにね。いつからそんな冷めた子になっちゃったのかな」

「君のそんなところも好きだと、以前仰《おっしゃ》ってましたよ」

「ああ、好きだよ。冷めた君を見ていると泣かしたくてしょうがなくなる」

減らず口を叩きながら、刀牙がコートのポケットから取り出したメモ用紙をひらりとテーブルの上に載せる。走り書きされたそれが何を意味するのか、一瞬で理解できて憂鬱《ゆううつ》を覚える。

「叶家は君が戻ってくるのを、手ぐすね引いて待っていたみたいだね」

「もう……相手が決まったんですか」

「そうだよ。君が実家に顔を出してからまだ数時間なのにね。こうも段取りよく進むとは、あらかじめ予約でも取っていたようだと思わない？　バツイチの息子の行く先をさ」

メモ用紙には日時と場所、それから相手の家名だけが書き記されている。『上月《こうづき》』といえば最近伸《の》し上がってきたライカンの家筋だ。あまりいい噂《うわさ》を聞く家ではない。

「こういうのもクジ運が悪いって言うのかな。君のもとの許婚《いいなずけ》もそうだけど、上月もかなりの好事家《こうずか》だって話を聞くね。この日もただで帰れるとは思わない方がいい」

笑んだ口許で不穏な忠言を吐き出しながら、刀牙がひらりとコートを羽織る。

「不安を煽っても無駄ですよ。僕はあなたのものにはならない」

「そうかい？　ま、気が変わったらいつでも連絡くれよ」

来訪と同じくらい唐突に、刀牙は別れの言葉もなくこの部屋を出ていった。

テーブルに置き去りにされたメモを手に取り、もう一度視線を走らせる。少し右上がりの癖字は永遠のものだろう。どんな魂胆で今回の話に食い込んでいるのかはわからないが、きっとゲーム感覚でいるのだろう。快楽に弱く、享楽に貪欲という兄の「演技」に騙される者は多い。そうして引っかかった者の弱みを握り、端から駒に変えてはゲームに興じるのが永遠の趣味なのだ。

「……厄介だな」

越えられない壁として目前に君臨していた頃は、兄を嫌い、憎んだこともある。魔族にはめずらしいほど根っからのヘテロセクシャルな義継をして「永遠さんなら俺も抱けるかもしれない」と言わしめたのだから、それを聞いた当時はこの世の誰よりも呪ったものだ。だが兄の天然ぶりが、異常なほど回転のいい頭脳がもたらす計算だと知ってからは、かかわりを持ちたくない気持ちの方が勝った。だが永遠の方は弟に興味を持っているらしく、たまに思い出したように絡んでくるのだ。

（そういえば…）

ふいに、永遠を評した光秀の言葉を思い出す。

『可愛いとは思うけどヤリたいとは思わないなぁ』

兄に落ちない者はいないと思っていたので、その発言は青天の霹靂《へきれき》だった。思い人である自分と比較しての話ではなく、単純に好みじゃないからだ、と。

（ミツはこともなげに言ってたっけ）

据え膳《ぜん》は食うのがあたり前とされる魔族の風潮の中では、光秀もめずらしいタイプだといえる。

僕以外の誰かとも関係を持ったらしいことに気がついたのは、中等科に上がってすぐのことだ。試しに追及してみたら、あっさりと「セフレだよ」という答えが返ってきたので、その明け透けさに少なからず驚いたのを覚えている。訊《き》けば相手は知り合いの人妻で、お互いに利害の一致をみたうえで時間を共有しているのだという。旦那の了承まで得ていると知った時には思わず開いた口が塞がらなかったけれど、誰かを傷つけるのは嫌だから…と光秀は小さくつけ加えた。

『まー年頃なもんで、ヒート時以外にも盛りたくなるっつーわけ』

『でも、ミツなら言い寄ってくる子もたくさんいるでしょう？　どうして不倫なの？』

『そりゃ、ヤリたいだけで抱きたいわけじゃないからさ。恋愛できないのに体だけ繋ぐのはルール違反じゃね？　その点、合意の人妻が求めてるのはセックスという名のスポーツだよ』

とんでもないことを言う年下だと思ったものだが、それはある意味とても賢明で誠実な判断でもある。だがそのスポーツにしても、好意を抱ける相手じゃないと体を繋ぐ気にはならないと言っていたので、快楽に流されやすい魔族の中では異端とすらいえる嗜好性《しこう》だろう。

メリットさえあれば誰とでも寝る僕のことを、光秀は心のどこかでは軽蔑《けいべつ》していたのかもしれないなと思う。そもそも、どうして自分なんかを好きになってくれたのだろうか。

顔？　体？　いや――……。

(やっぱり初体験ってあとを引くのかな…)

光秀に最初の手解《てほど》きをしたのが僕だったから――それ以外の理由なんて思いつかない。

あの日、初めてのヒートに苦しむ光秀を見ていられなかったのもあるが、若干の好奇心も火種になっていたのではないかといまは思う。あんな瑣末《さまつ》な気紛れが、光秀の心を縛りつけていたのかと思うとやりきれなくなってくる。それ以降も関係を持ち続けた理由だってひどい話だ。僕は光秀を義継の身代わりにしていたのだから。なのに。

(どうしてなんだろう…)

いくら考えても、光秀に好かれ続ける理由が僕には思いあたらなかった。

彼の気持ちに気づいたのはいつ頃だったろうか。光秀が中等科に上がる前には、もう好かれている自覚があったように思う。それまでもそれからも、彼の目にはどんな自分が映っていたのだろう。

「バカだよ、ミツ…」

掌に染みついて離れない、不可視のシミをぎゅっと握り締める。

いずれにしろ、その「僕」は幻想でしかないのだ。待っていれば幻滅して去っていくと安易に考えてもいた。真剣に告白されたのはいまから二年前の話だ。狡い逃げ口上で突《つ》っ撥《ぱ》ねた僕を、光秀はそれでも見捨てなかった。まだ好きだと言ってくれる彼に、僕はその後も甘え続けた。

早く見限ってしまえばいいのに――……。そう思う心の端から、「見捨てられたくない」という思いが滲《にじ》むようになったのは、どれくらい前だったろう？

今年の春になって、彼の前途を案じるうえで決定的な岐路《きろ》が迫っていることを知った僕は、彼の背中を押し出すことにした。他の男に脚を開く現場を見せて、彼が傷つくのをこの目で確かめた。

四月、五月と、彼が僕の前に現れることはなかった。これで終わったと思っていた。

それなのに――。

六月になって、光秀は何もなかったような顔で研究室に姿を見せた。ホッとしている自分に嫌気が差した。六つも年下の少年に、僕は気づいたら身も心も依存していたのだ。

恋心よりも依存の方がタチが悪いと、いまなら数年前の自分に忠告できるのに……。

義継の恋を知った時だって、考える前に光秀の携帯をコールしていた。けっきょく最後まで、僕は彼に寄りかかっていたなと思う。

あれからの数日は特にひどかった。彼がいてくれなかったら、きっともっと荒《すさ》んでいたに違いない。事実を受け止められずに、いまも苦しんでいただろう。現実逃避のためにどんな手段に及んでいたかもわからない。

「あ…」

ハタハタと、何かのはためく音で我に返る。

見れば、陽が落ちてから強まった風がベランダの洗濯物を派手に翻《ひるがえ》らせていた。慌てて駆け寄ってサッシを開く。湿度を含んだ熱風がドッと顔面に吹きつけてきた。息を止めて手早く洗濯物を取り込む。シーツと衣服とを一抱えにすると僕はようやく室内に戻った。

外気に晒されて熱を持った洗濯物がまるで人肌のように感じられる。冷房で冷えきった頬《ほお》を埋めると、光秀の匂いが残っているような気がした。

思い返せばここ数日、食べるか寝るかセックスするかで暮らしていたのだ。それ以外に気を留めなくて済むよう、光秀が家事を請け負ってくれたおかげだ。けして得意ではない料理の腕を揮《ふる》い、口では面倒だなどと言いつつも、洗濯や掃除にまで気を配ってくれた。そして何度求めても呆れることなく与えられた快楽に、自分は安穏と逃げ込んでいたのだ。

願えばきっと、彼はどこまでも自分とともに堕ちてくれただろう。

だからこそ、このままじゃいけないと強く思ったのだ。離婚の決意を固めたのもつい今朝方のことだ。隣で眠る光秀の年相応な寝顔に、僕はようやく現実を思い出したのだ。

(もういい加減、卒業しないとね)

精神年齢でいえば光秀の方がよほど大人だったろう。だが、彼はまだ十六歳の少年なのだ。

自分のために無駄にさせた数年を返すことはできないけれど、これからの時間をせめて有意義に使ってもらいたいと思った。

（ありがとう、ミツ――…）

光秀がいてくれなければ、針のむしろになんて座っていられなかっただろう。隣に彼がいてくれたからこそ、自分はこの六年間に耐え、義継を思い続けられたのだ。

彼に対して自分ができることといえば、これくらいしか思いつかない。

洗濯物をソファーに置くと、僕はポケットから携帯を取り出した。電話帳の画面を開いて、光秀の番号を呼び出す。メニューから登録の削除を選ぶと、是非を問う画面が現れた。「ＹＥＳ」を選んで決定ボタンを強く押す。

「バイバイ、ミツ」

これでようやく、思い残すことなく坂道を転がれる――。

涸《か》れたと思っていた涙が一筋流れるのを手の甲で拭《ぬぐ》ってから、僕は強く目を瞑《つむ》った。

2

縁談までの数日を思ったよりも冷静にすごすことができたのは、自分の中の覚悟がそれだけ固かったからだろうと思う。

実家に顔を出した日から、わずか五日後に指定されていた料亭に着いたのが午後三時——。

だが何か手違いでもあったのか、部屋の準備が整っていないとの理由で僕が通されたのは離れをさらにすぎた奥庭にある、普段は客の立ち入ることのないだろう古びた庵《いおり》だった。とはいえ見る限り手入れは行き届いている。その辺りはさすがに、ライカンの最大派閥といわれる『佐倉《さくら》』が経営する料亭といったところか。

(兄さんの時間指定が間違ってたのかな…)

料亭の者が言うには、『上月』での予約は四時に入っているとのことだった。用意が整い次第、こちらに迎えを寄こすと言っていたので、それまではここで寛《くつろ》がせてもらうことにする。

無人の縁側に腰かけながら、出された湯呑み茶碗に手を伸ばす。都会の真ん中に位置しているとは思えないほどに、奥庭の緑は深かった。盛夏をすぎたとはいえ、日中の暑さはまだ厳しい。だがこの庭にいる分には夏の気配を感じずにいられた。

木立の隙間《すきま》から吹いてくる風はまるで秋のそれのようにひんやりしている。唯一夏の名残りを感じさせるのが、どこかで鳴いているひぐらしの声だった。哀切なその調べにしばし耳を傾けていると、知らぬうちに力んでいた体の緊張が解れていくような気がした。

あれから、変わったことは特に何もない。義継からも光秀からも連絡はなかった。こちらから連絡を入れる気もない。自分の状況を知れば義継が動きかねないので、古閑《こが》の方面には口止めを施してある。だからこの縁談を邪魔する者はどこからも現れないだろう。

自身の書いたシナリオどおりに進むこの現状に、安堵と不安とを同時に覚える。この数日、どちらかの割合が増減することはあっても消えることはなかった。

一番の安堵は義継がまだ何も知らないことだ。思いきると決めたからには何を言われても白を切りとおすつもりでいるが、好きな人云々《うんぬん》の嘘がバレるのは少しだけ後ろめたい。上月がその相手だと告げたら義継は信じるだろうか？　さすがに信じないだろう。自分に気を遣ったと怒ってむきになるかもしれない。そしたら仮初《かりそ》めの結婚生活に嫌気が差したんだと嘘をついてもいい。きっとこの嘘は信じてくれるだろう。――でも断言してもいい。義継はいま頃「彼女」のことで頭がいっぱいで、僕になんてとてもじゃないが気を回す余裕がないだろう。だから安心していられるのだ。

一方の不安はやはり、これからの未来に対してだった。

自分がどんな目に遭《あ》わされるかくらいは想像がつく。叶の半陰陽がどんな待遇で扱われるか、見て聞いて育ってきたのだ。永遠なんてこれ以上なく幸せな結婚ができたクチだ。姉たちですら家督を継ぐ長姉以外は皆すでに親の決めた家柄に嫁ぎ、それなりの扱いを受けているのだと聞く。ましてや自分は「疵物《きずもの》」のバツイチだ。それを下回る境遇が用意されているのはまず間違いない。絶望的観測を何度もくり返しては、それよりもマシな状況が訪れることを願うばかりだった。

(好きでもない人に抱かれるのは慣れてるじゃないか)

いくらそう言い聞かせても、結婚となれば話が違うと冷静に判断を下す己の理性が憎い。光秀の言葉を借りるなら、彼らはヤリたいだけなのだ。快楽を追求することしか考えず、こちらに意志があることすら時には忘れて悦楽に耽《ふけ》る――……。そういった相手と寝る時には「ごっこ」だと思えばいいと教えてくれたのは刀牙だ。プレイだと思えば少しは現実味が薄れるだろう、と。

人妻陵辱《りょうじょく》風、生娘監禁風……そんな数々の名目で仕込まれたプレイが役立つとすれば、何とも皮肉な話だ。僕の境遇をあて嵌めるならば「若妻・二度目の初夜に乱れる」といったところか。

(くだらないね…)

体を開かれること自体には、悲しいかなそれほどの抵抗はない。いまさらな話だ。誰が相手でも快感はあるし、よほどマニアックなプレイを要求されない限りは応えられる自信もある。もちろん嫌なものは嫌だけれど、拒否権がないのなら前向きに考えるしかない。

『刹那さんはもっと自分を大事にするべきだよ』

何度なく光秀に言われた言葉をいまになって思い出す。大事にする価値がどれくらいあるのかと笑いながら訊ねたら、君はいつになく真面目な顔で「価値は問題じゃねーよ」と答えたっけ。

(じゃあ、何が問題なの?)

答えを聞きそびれたな、と思う。光秀の考え方は自分にはないものばかりだったから、一緒に話していると目から鱗《うろこ》が落ちることもしばしばだった。

「ああ、まただ…」

思わず零《こぼ》した呟《つぶや》きに、さらに自責の念が深くなる。

このところ気づくと、こんなふうに光秀のことを考えていることが多かった。それだけ傷つけた自覚が深いのだろう。義継のことよりも、光秀のことを思い出している回数の方が明らかに多い。

口許に浮かぶ自嘲《じちょう》も、今日だけでもう何度目だろう？

義継の顔を思い浮かべても、不思議と胸はもう痛まないのだ。わずかな感傷が疼《うず》くだけで。

（あれほど好きだと思ってたのにね）

出会いから数えて十二年、片恋を秘めるには長すぎたのだろう。いつしか恋だと思い込んでいただけで、気持ちはとっくに風化していたのかもしれない。いざ解放してみたら、それらはほんの数日の涙で流れていってしまった。何年もの間ずっと重苦しかった胸が妙にスッキリとしているのは、きっとそのせいだろう。いまでは義継の恋を素直に祝福したい気持ちすら湧《わ》き上がってくる。

「……だからなのかな」

気づけば残っているのは、光秀への思いばかりだった。

（君の心遣いを感じるたびに、僕も少しだけ自分を好きになれたんだよ）

不摂生で体を蔑《ないがし》ろにすると、本気で怒られたっけ。耳に痛いこともたくさん言われたし、またそのどれもが的を射ていて、いま思い出しても――耳に痛い。深酒の末に終電を逃し、タクシーで迎えにきてもらったことも一度や二度ではない。

「あ…」

ミツがバイク持ってたら便利なのにね、とそういえば過去に一度だけ言ったことがある。もう何年も前の話だし、色よい返事をもらった覚えもないけれど。あんな一言を覚えていてくれたのだろうか？　たとえそうだとしても、彼はそんなこと口にはしないだろうけど。

（僕は思われてたんだね、本当に――…）

目を瞑るたびに驚くのは、瞼《まぶた》に浮かぶ光秀との思い出が数えきれないほどあることだ。そのうちのどれを思い出しても、胸の隅がポッと暖まった心地になる。

「大事なこと、たくさんミツに教わったよね」

愛されたい、報われたい。それが叶わないんなら少しでもそばにいたい。それが「恋」だと僕は思ってた。でも君はそうじゃない、って言ったね。

『俺、報われたいとは思ってないよ。刹那さんが幸せになってくれればそれでいいと思ってる』

見返りを求めず相手の幸福を願うこと、それはすでに恋の範疇《はんちゅう》じゃない。

（愛されてたんだね…）

その違いに、僕はいまさら気づいた愚か者なんだ。

きっともう二度と会うことはないだろう。この先、もし街ですれ違うようなことがあっても、どうか僕のことは無視して欲しい。君の、幸せのために。

「いまは誰よりも、君の幸福を願ってやまないよ」

虫のいい願いだけれど、そう祈らずにはいられなかった。そのための代償が必要だというのなら。

(僕がいくらでも払うから――)

俯《うつむ》いた拍子に、さらりと降りかかってきた前髪を耳許にかける。

ピアスも五日経ってようやく、違和感を覚えないまでに慣れた。鏡を見るたびに視線を吸い寄せる紫の深みは、自分にはもう自由がないことを知らしめる最たる証《あかし》だった。

(叶の血に逆らえないことは、兄さんが一番知ってるでしょう?)

離れに通されてしばらくしてから、僕は出された茶托《ちゃたく》の下に挟まれていたメモに気がついた。兄の字で綴られていた逃走ルートに、あの人もあの人なりに自分を案じてくれていたのかなと思う。

上月家に関しては、ここ数日で自分もできる限りの情報を集めた。知れば知るほどに今後への不安は募るばかりだったが、いまさら逃げるつもりはない。少しでも自分なりの対策と覚悟を決めて前に進む気概しかない。心が凍えそうになった時、胸を暖める思い出は充分あるから。

「――逃げないって決めたんだ」

決意を声にしてもう一度自分に言い聞かせると、僕はメモを破り捨てた。気づけばひぐらしの声はやみ、物悲しい葉擦れの音だけが辺りに響いていた。

それから程なくして現れた迎えに、僕はゆっくりと腰を上げた――。

「これは聞きしに勝る美しさですな」

離れの一室に縁談相手として現れた上月は、見るからに好色そうな顔をした四十男だった。

顔を合わせるなりはじまった美辞麗句の数々は、会食が終わったいまになってもまだ延々と続いている。同席した上月の側近たちが、口々に同意するのがまたいちいち五月蝿《うるさ》くて敵《かな》わない。

「ええ、自慢の息子ですから」

対する叶の陣営は、母親が時折口を挟むくらいであとはひたすら話の聞き役に徹している。僕に至っては最初の自己紹介で口を開いたのが最後だった。

「こんな美人を袖《そで》にするなんて、あなたの結婚相手の目はよほど悪かったようですな。私なら地下室に閉じ込めて、毎日のように鍵穴から覗《のぞ》きたいくらいですよ」

ワハハッと笑った男に合わせて、列席した面々からもどっと笑いが漏《も》れる。これが冗談のつもりだというのだから寒い話だ。あるいは、冗談じゃないのかもしれないが――。

「それでは、そろそろ…」

給仕が膳を下げにきたのを潮に、母親が着物の袂《たもと》で口許を隠す。それが合図なのだろう。途端に上月の目の奥に、ギラリとした何かが光るのが見えた。あとは当人同士に任せて、と言いながら母親が席を立ち、他の面子もそれに従い部屋を出ていく。

今日はあくまでも顔見せという名目だったが、それで済むわけがないのは重々承知だ。

「ようやく二人きりになれましたな」

豪勢に彩られた八畳間に残された僕に、上月がうっそりと笑いかけてくる。脂下《やにさ》がった表情を隠そうともせずに立ち上がると、上月は僕の隣に膝《ひざ》をつくなり強引に手を取ってきた。

「長話でお疲れになったでしょう。次の間で休まれてはいかがかな」

見え見えの魂胆に辟易《へきえき》としながら、僕は些細な抵抗を込めて小さく首を振る。

「いいえ、どうぞお構いなく」

拒絶と取られるほどには身振りが大きくならないよう努めながら、「お会いしたばかりで失礼をするわけには参りませんから…」と声を弱める。次の間に寝床が用意されているだろうことは明白だ。いまさらカマトトぶる気はない。上月に抱かれる覚悟で、自分だってこの部屋の敷居を跨《また》いでいるのだから。だがあっさりと抱かせる気はなかった。自分を安売りするつもりはない。

「私は少しでも多く、あなたのことを知りたいのですよ」

上月が性急な手つきでこちらの首筋に手を回してくる。それをやんわりと制しながら、僕は自らの手を上月の肩にそっと載せた。

「どうかそう急《せ》かさずに、少しずつお願いできませんか…」

わざと俯き加減に瞳を伏せる。僕の戸惑った「懇願」の演技に、欲情で濡れた瞳がさらに艶《つや》を増していくのをちらりと上目遣いに観察する。次の間にいくのをはたしてどれだけ先延ばしできるか、その眼差しで計りながら次の手を考えていたのだが…。

「そうしたいのは私も山々なんですがね――しかし、我々もいい大人だ」

そこでガラリと口調を変えた上月が、急に僕のシャツの合わせを強引に割ってきた。着込んでいたスーツのボタンまでを荒々しく弾きながら、上月が無理やりに僕の服を脱がしにかかる。

「な、何を…っ」

「勿体ぶるのもたいがいにしたまえ。これまでだって数多の男に股《また》を開いてきたんだろう? 大人しく言うことを聞けば、君の欲しくて堪《たま》らないコレをやろう」

上月が僕の手を取り、自らの股間に宛がう。そこはすでに固く、怖いほどに張り詰めていた。

「立派だろう? 食事の間からずっとこうでね。君を犯すことだけを考えていたんだよ」

服の上から僕の手で屹立《きつりつ》を摩《さす》りながら、上月がクク…ッと笑いを引き攣らせる。

(まずい、一番苦手なタイプだ…)

こういう手合いの男は、年を重ねても性欲が減退することはない。自身のシンボルにも金と手間をかけて調整を施し、壮年を超えても全盛期以上の漲《みなぎ》りと持続性を保てるよう手を入れていることが多いのだ。この年頃には思えない感触からそれを察し、僕は知らず冷たい汗を背中に浮かせていた。

こういう男を相手にするのは相当に骨が折れる。ましてや相手は精力旺盛《おうせい》なライカンだ。持久力まで補足した上月を相手に、自分の体がどれだけもつだろうと不安になってくる。

「まずは君の秘めたる場所から見せていただこうか」

脱がすというよりも剝《は》ぐような仕草でさらに服を破き、肌を晒される。上げかけた悲鳴を必死に飲み込みながら、僕はひたすらその仕打ちに耐えた。下手に声を上げても相手を助長させるだけだ。だが、だからといってこちらが協力的になれば逆に嗜虐《しぎゃく》性を煽りかねない。

「やめてください…」

完全に服を脱がされ、畳に転がされたところで力なく声を上げる。まだ明るい時分から裸身を晒す構図に昂奮《こうふん》したのか、膝立ちでこちらを見下ろす上月の鼻息が急に荒くなった。

「いい画だ。君にはこういう姿が一番似合うよ」

むしゃぶりつきたい衝動を堪《こら》えるかのように、ことさらゆっくり足許に移動すると上月は僕の脚を開き、折れた膝に手をかけ持ち上げてきた。露になったそこに粘着質な視線を感じる。

(こんな男に体を好きにされるなんて……)

嫌で堪らない――けれど。

湧き起こる嫌悪を懸命に押し殺しながら、僕は上月の動向を窺った。

見るに堪《た》えないほどの好色さに満ちた表情からは目を逸らしながら、それでも目を瞑ると何をされるかわからないので必死に目を瞠《みは》る。しげしげと眺めていた視線が近づいてきたと思った時には、萎《な》えたままのソコをいきなり口に含まれていた。

「やっ」

じゅるるっ…とわざとらしい音を響かせながら、上月が僕のものを執拗に舐めしゃぶる。持ち上げた僕の腰を自身の膝に乗せ、身じろぎをさらに封じてから窄《すぼ》めた唇を上下される。

「あ……や、ぁ…っ」

刺激から逃れようといくら腰を捻っても、周到な愛撫《あいぶ》から逃れることはできない。望まぬ快感で半《はん》勃《だ》ちにされたところでようやく口を離すと、上月は満足げに熱い息を吐いた。

「これくらいで充分だろう」

「え……？」

「君の体を十二分に愉《たの》しむためにね、私もいろいろと用意しておいたんだよ。中でもこれは特注品でね。君には最高級の快楽を約束しよう」

上月が懐から取り出した医療品のような細長いパッケージを歯で切り破った。中から抜き出した何かを、充血で色を変えた僕の先端に宛がう。それが何かを判別する前に、狭い隙間にズル…ッと棒状のものが押し込まれてきた。

「い、痛…ッ」

「何、すぐに効いて善《よ》くなるさ。この棒には即効性の媚薬《びやく》が塗ってあるんでね」

十センチ近く突き刺さったそれを上月が笑いながらグリグリと回す。

「ああァ…ッ」

弱い粘膜を擦られて、神経質な痛みとわずかな快感とが体中を駆け巡る。

「イイだろう？　ほら、もうすっかり大きくなってきた」

（そんな…）

言われて見ると、痛みの方が明らかに勝っているというのに確かにそこは完全に屹立していた。充血して膨らんだ分、さらに棒への締めつけが強まったように思う。

赤くなった肉の隙間から金属の棒が生えている様は、見るからに異様な光景だった。

「初心者用だから直径はそう太くない。だが棒の周囲に細かい溝が彫ってあってね、回すたびにそれが君の粘膜に媚薬と悦楽とを叩き込むというわけだ」

「やっ、痛、ぁ…ッ」

「おや意外だな、ここはまだ未開発かい？　とっくにこの快感を知っているかと思っていたよ」

手を止めないままに、上月がほくそ笑みながら今度は少しずつ棒を押し込みはじめる。

「ひっ、あッ」

「ならば私が開花させてあげよう。ここをくじられて善がる、狂うほどの快楽を味わうがいい」

「───…ッ」

一気に棒を押し込まれて、目を見開いたまま呼吸を止める。

続けて休まず上下されて、狭い隙間からとぷとぷ…と粘液が溢れはじめた。こんなにひどいことをされているというのに、体はまるでそれを喜ぶかのように熱く昂《たかぶ》りきっていた。

「ああ、上も下も涎《よだれ》だらけじゃないか。もうこの快感が気に入ったのかね」

「──……っ、んッ、あ…っ」

先走りで滑りがよくなった分、溝の刺激が薄まりようやく呼吸を再開する。だがそれを察したのか、上月は空いた手で濡れた幹をつかむとキュッと握り締めてきた。

「こんなに濡れては媚薬が行き届かないのでね」

「アッ、やめ…っ」

「体は正直だよ。善くて堪らないとココは泣いているじゃないか」

「あぁ——…ッ」

狭い尿道をさらに狭窄《きょうさく》した状態で、棒に刻まれた溝を過敏な粘膜に何度も擦りつけられる。

未知の仕打ちに竦《すく》みそうな恐怖が胸を支配する。だが気づいた時にはもう、そこから生まれるのは耐えがたい快感だけになっていた。媚薬の効果もあるのだろう。ソコを握られて棒を上下されているだけだというのに、射精し続けているような感覚がいつまでも終わらずにこの身を苛《さいな》むのだ。

(こ、怖い……こんな…っ)

どれほどの間ソコだけを責められていたろうか。

「あ…っ、ぁア…ッ」

「堪らないようだな。だがまだ先は長いんだ。簡単にはイカせないよ」

上月がやっとのことで手を止める。執拗に擦られ続けた余韻で中の粘膜が燃えるようだった。少しだけ見えていた棒の残りを上月の指が最後まで押し込む。十五センチ近くあった全長をすべて呑み込んだ先端の切れ目に、それ以上の押し込みを防止するための丸いストッパーがちょこんと載る。

「ここを捻るだけでも充分イイだろう？」

金色の丸みをつまんだ指先が、戯れにくるくるとそれを回した。

「あっ、ヤ…ッ、ああ…っ」

頂点を極めたまま吐き出せない苦しみに、全身がヒクヒクと痙攣《けいれん》をはじめる。だがこちらの様子には一切構わず、上月は「媚薬をより沁《し》み入らせるために」と、串刺しされた屹立にゴムを被せた。

「これなら一晩中でも愉しめるな。ああ、最後にはちゃんとイカせてあげるから安心したまえ。それまでにたっぷり私のモノを注ぎ込んでやるからな」

これまで手つかずだった後孔にズプリと乾いた指が押し込まれる。引き攣れる痛みに下腹部を緊張させると、上月がゴムの中で光る球体を爪で弾いた。

「あア――…ッ」

「フフ、いまの君ならどんな痛みも快楽に変わるかもしれないね。体が熱くて堪らないだろう？　さきほどの食事に発情誘発剤も混ぜておいたんだよ」

「な…っ」

「私のモノを全部この中に入れてから、君のモノを全部搾り出してあげよう。――私も昨日から誘発剤を飲んでいるんだよ。君が私の子を孕《はら》むまで、何日でもこうして可愛がってあげよう」

「――そ、んな…」

「ああ、他にもたくさんの玩具《おもちゃ》を持ち込んでるんでね。できれば一週間は愉しみたいところなんだが、君はどこまでもってくれるかな?」

狂気に満ちた上月の眼差しが、泣き濡れた僕の顔を見るなり、さらなる狂喜を猛らせる。

「私はね、数年前から君を予約していたんだよ。大枚だって叩いている。ここまできて急に気が変わられては困るんだよ。脅しではなく、君にはこの数日で確実に私の子を身籠《みごも》ってもらうよ」

それを枷にこの男は、この身を『上月』の家に繋ぎ止める気なのだろう。

媚薬と快楽で弱らせた体を、上月が軽々と抱いて次の間に運ぶ。

「言っておくが助けを呼ぼうとしても無駄だよ。この離れは今日から一週間、私の貸し切りなんだよ。気兼ねなく愉しませてもらいたくてね」

「こんなこと…」

「ああ、この件については君の家とも話はついているよ。君はもう私のものだとお墨つきをいただいている。だから君がどれほど拒もうとも、私からは逃げられないんだよ」

布団の上に粗雑に投げ出された衝撃で、銜《くわ》え込まされた棒がビン…と中で震えた。

「あ、ァ……」

その刺激に耐え、どうにか体勢を整えようと肘《ひじ》をついて身を起こすも、すぐに上月が圧《の》しかかってくる。屹立をつかまれて、突き出しているストッパーをぐりぐりと弄《いじ》られた。

「やっ、アっ、あァ…ッ」

「ハハ、君の理性などすぐに焼き切れる。どれ、ここがすっかりお気に入りのようじゃないか? もっと刺激を強めてやろう」

上月が傍らに転がしたバッグの中からローターを取り出す。固定するためのバンドがついたそれに、僕は一気に顔色をなくした。両肘で布団をずり上がろうとした僕の体を、上月が笑いながら足をつかんで引き戻す。

「お察しのとおり、これをここにつけるわけだ」

身を反転させて逃れようとした時にはもう遅く、捕らわれた先端にぱちんとバンドを留められていた。楕円《だえん》のローターが先端の球体に押しあてられる。薄いゴムを挟んで金属とプラスチックとがぶつかる鈍い感触があった。ローターの位置をさらに微調整されて、そのたびにコツコツと響いてくる振動が狭い隙間に押し込められた棒全体をくすぐる。

「ひ、ィ……あっ」

「中がびしょ濡れだな。よほどこの玩具が気に入ったと見える。私もココを開発するのが大好きでね、用具のバリエーションには自信がある。ローターが付属したタイプもあるんだが、あれはこれよりもずいぶん太いんだよ。まあ、明日か明後日には入るようになるだろう」

「や、イヤ…」

「大丈夫。君ならすぐに好きになるよ。ああ、表面に突起のついた棒も試せるようにしてあげよう。あの刺激を知ったら、もう普通の快楽では物足りなくてイケもしないさ」

世にも恐ろしいことを楽しげに言い募りながら、上月が勿体ぶるようにゴムの中で震える屹立を二度三度と擦りあげる。摩擦のたびに中でじわじわと動く棒の刺激がもどかしいくらいだった。

「さて、天国の扉を開こうか」

カチ、とローターのスイッチがオンにされる。途端に過敏な箇所に激震が走った。

「アアアアあぁ――……ッ」

爆裂しそうな快感に、浮き上がった腰がガクガクと揺れる。

これまで経験したことのない深みにまでいきわたる振動に、すぐに歯の根が嚙み合わなくなった。

舌を嚙んではまずいと口中にハンカチを押し込まれる。ハンカチでは吸い込みきれなくなった唾液が、程なくして唇の端からだらだらと零れはじめた。

「うぅっ、フ……、んン――……ッ」

「この細さでは隙間から漏れてしまうようだね。そうか、そんなに気持ちがいいかね」

射精の衝動でわななく腰が、断続的に腹筋を引き攣らせる。そのたびに、ダラリ…ダラリ…と先端から溢れ出る精液を、上月がゴムの上から球体の周りに擦《なす》りつけようとする。

ビクビク…と細かな痙攣を続ける陰茎からようやく手を離すと、上月はゴムの口から沁み出した粘液ですっかり濡れそぼった後孔に今度は深々と指を埋めた。ローションを足さなくても済むほどに、次から次へと零れてくる淫液が上月の動きを助け、僕を追い詰める。

いつのまにか三本に増やされた指が、浅い前立腺《ぜんりつせん》を探りあてるなりクチクチ…としつこく弄《いら》いはじめた。前からの刺激のわずかな隙間をとおして、後孔からの快感までが湧き上がってくる。

「何という締めつけだ。いよいよ私も我慢できなくなってきたよ…」
指が抜かれるなり、カチャカチャと性急に前を寛げる音が聞こえてきた。力なく仰向《あおむ》けになってい
た僕の両脚を上月の腕がつかんで広げる。
（あ、あ……）
休みない快楽と耐えがたい苦痛とですっかり霞《かす》んでいた目を凝らすと、醜悪な改造を施された上月
の逸物がぶるんと鎌首をもたげるのが見えた。
（あんな――…）
てらてらと濡れ光る先端はえぐいほどに大きくエラが張っている。血管の浮き立つ幹の太さも、標
準の比にならないほどの長さも、凶器としか思えない様相を呈していた。
「種つけにこれほどの昂奮を覚えるのは初めてだよ」
止まらないローターに荒れ狂う快感を強いられながら、上月の言葉にハッと理性を取り戻す。
脅しでないと告げた言葉どおり、上月は僕を孕ませる気なのだろう。
こんな男の慰み者にされるだけでも死にたいほどの屈辱だというのに、さらにそんな辱めを受ける
のかと思うと涙が止まらなくなった。今日だけでこの有様だ。こんなことがこれから先、永劫《えいごう》に続け
られるのだとしたら、とても耐えられる自信がなかった。自らの命運に肌が粟立つ。
（こんなのは嫌だ……）
逃げないと決めて立ち向かった未来だが――このままでは身も心も壊されるのは確実だった。

詰め込まれたハンカチをどうにか吐き出して、痺《しび》れる舌で必死に拒絶の意を紡ぐ。

「いや…ッ、だ…っ」

「ほう、まだ正気を保っていたのか？」

だがそれも終わりだ、と欲情でザラついた声が間近で告げる。潤んで口を開いた後孔に凶悪な楔《くさび》の先端が宛がわれた。ローターの震度が最大に上げられる。

「あああああッ」

猛り狂う快感に意識を押し流されながら、僕は声を限りに助けを求めた。

(助けて、助けて――…っ)

「ミツ…ッ」

振り絞った声で必死に光秀の名を呼び続ける。

あれだけ焦がれた義継ではなく、窮地において僕の脳裏にあったのは光秀の顔だけだった。

どんな時でも僕を励まし続けてくれた、優しい眼差しを思い出す。

(助けになんてきてくれるわけがないのに……)

わかっていても止められなかった。狂ったように光秀の名を叫びながら四肢をバタつかせる。

「助けて、ミツ…ッ」

「ええい、この期に及んで…っ」

自分の下で急に暴れ出した体に激昂したように拳を上げると、上月は勢いよく振り下ろした。

ガツ…ッ、と骨の鳴る音が聞こえた。

咄嗟《とっさ》に目を閉じて痛みに備える。だがいくら待っても、骨ばった拳《こぶし》の衝撃は訪れなかった。目を開いた途端、上月の体がぐらりと傾いで傍らの畳に転がる。

「え……？」

続いて、カチ…とローターのスイッチが切られた。

「あーあ、ひどい有様だね」

すぎた刺激ですっかり感覚の麻痺《まひ》したそこに、視界の端から伸びてきた誰かの手が触れた。かすかに撫でるだけで離れていった指が、トンと乱れた布団の表面に落ちる。

「ミ、ツ――…」

幻覚を見ているのではないだろうかと思いつつ、僕は開け放された襖《ふすま》の間にしゃがみこんでいる光秀に声をかけた。

見慣れた赤毛に切れ長の吊り目、愛嬌《あいきょう》のある柳眉《りゅうび》を片側だけ吊《つ》り上げるのも彼のいつもの癖だ。

五日前と何も変わりない光秀がそこにいた。

「どうしてここに、君が…」

「――さあ、何でかな」

布団の上でしどけなく脚を開いたままでいる僕に、光秀がフッと皮肉めいた笑みを浮かべる。そのあまりの酷薄さに、僕はやっぱり夢を見ているのではないかと一瞬思った。

よくよく見れば、左目の下にいつもいた小蛇の姿が見あたらない。

（ミツ……？）

冷たく視線を逸らした光秀が、布団の反対側で気絶している上月の体を蹴《け》ってさらに遠くへと押しやる。見れば光秀の手にはスタンガンが握られていた。その角に血がついているところを見ると、本来の用途ではなくそれで上月を殴ったのだろうと知れる。

「助けにきてくれた、の…？」

そんなわけないと思いながらも、見る限りそうとしか取れない現状に僕は震える声で訊ねた。

期待と、相反した不安とが胸のうちで渦巻く。

「それはどうかな」

視線の先で軽く肩を竦めてみせると、光秀は伸ばした手でおもむろに僕の顎《あご》をつかんだ。

強引に頬をへこまされて開いた口に指が差し入れられる。ぬるりとした何かを舌に感じた時には、小さな痛みがそこに走っていた。僕の口から抜いた光秀の指にあの小蛇が纏わりついている。

――それが、この日の僕の最後の記憶だった。

3

蛇の毒で眠らされたのだ、と気づいたのは見知らぬホテルの一室で目覚めてからだった。

起き上がろうにもまだ毒の効果があるのか、痺れた手足が思うように動かない。だが無理に身じろいだ拍子に、シャラリ…と手首が鳴って僕は思わず息を呑んだ。

「ここ、は…」

「何、これ……」

見ればベッド際に設《しつら》えられたランプのパイプ部分に、鈍色《にびいろ》の手錠がかけられている。そこから伸びる細い鎖が右手の枷へと繋がっているのだ。二度三度と腕を引っ張って、その手錠が頑健なことを図らずも確認してしまう。ヒヤリと冷たい汗が背中を流れた。

（そうだ——）

拘束されていない左手で、慌てて自分の身なりを確かめる。備えつけらしい浴衣がきちんと着せられているのを知って、僕は裸じゃないことにひとまずの安堵を覚えた。

シーツと浴衣の裾《すそ》とを掻《か》き分けて、上月に施されていた悪趣味な趣向が消えていることも恐る恐る確認する。身の毛のよだつようなあの地獄からは解放されたんだ…と思うも、現状の詳細がわからない以上は得体の知れない不安を拭えない。

（あれから、何があったんだろう…）

首を巡らせても室内に人の姿はなかった。気を失う寸前の記憶を掘り起こしてみるも、いまとなってはまるで現実味がない。縁談に赴いて、ひどい陵辱を受けて——。

（それから…？）

部屋に光秀が現れたことまでは覚えている。助けにきてくれたのかと問うた自分に、彼は「それはどうかな」と答えたのだ。それから僕の顎を取って…。

「————…っ」

ガチャッ、と急にドアノブが鳴った。一気に緊張が走る。

手錠が鳴らないよう気をつけながら、僕は無理に起こした背中を枕に押しつけた。搔き上げたシーツで折り畳んだ足許を隠し、左手で浴衣の合わせを強く握り締める。やや[...]してから踵《かかと》を引きずるような怠惰な足音が、ゆっくりと室内に踏み込んできた。

（え——？）

通路からこちらを覗き込むなり、入室者が「お」と目を丸くする。

「あー、起きたんだ」

「……ミツ」

コンビニの袋を手にした光秀と目が合い、途端に強張っていた全身から力が抜けていった。

鮮やかな赤毛や目尻の上がった瞳を改めて懐かしく感じる。たった五日ぶりだというのに——。

（でも、もう二度と会えないと思ってたから…）

聡《さと》い子だから、こちらの描いていた浅慮な構図も知れていたろうと思う。その思惑に腹を立てたからこそ、彼はあの日、無言でマンションを去ったのだ。

直後に拒絶された着信に、ずいぶん嫌われたんだろうなと覚悟していたのに…。

「体、どっか痛くない？　いちおう簡単な処置はしたんだけどさ」

前と変わらずこちらの身を案じる言葉に、やはり光秀は自分を助けにあの場まできてくれたんじゃないかと思う。だとしたらこの手錠にしても何か意味があるのかもしれない。それほどにこちらを見る彼の瞳は、いつもどおりの光を湛《たた》えていたのだ。だが――。

「……ミツ、僕」

「とりあえず食料買ってきたんだけどさ、この時間てあんま選択肢ねーわな」

こちらの言葉を遮るなり隣のベッドに腰を下ろすと、光秀は「あ、水飲む？」と場違いなほど軽い調子でペットボトルを差し出してきた。

（ミツ……？）

首を振ってそれを退《しりぞ》けてから、とにかくこの状況についての説明を求める。

「この手錠はミツがかけたの…？」

「そ。チャチく見えるけど、意外に頑丈でしょ？」

まるで日用品の話でもするように、光秀は手錠を指差しながら自分で開封した水に口をつけた。それからビニール袋を物色して、取り出した栄養補助食品をベッドに並べる。

「頑丈って……」

光秀の意図が読めずに表情を曇らせると、彼はニッと歯を見せて笑った。

「傷つかないよう内側にファーがついてんのとかもあったんだけどさ、強度の点でそっちにしたんだよ。だからちょっとやそっとじゃ外れないよ」

「それはどういう…」

「あ、足枷もいいなって考えたんだけどね。まあ、予算の都合でそっちは断念したってわけ」

あくまでも表情は明るいままに、つらつらとそんな発言ばかりを光秀は連ねる。

(ねえ、ふざけてるだけ……だよね?)

真意を探ろうにも、光秀の言動や雰囲気はあまりにいつもと同じなのだ。一向に解明されない現状に、僕は次第に焦燥を感じはじめていた。

「……とにかく、ミツが僕をここに運んでくれたんだね」

「そーそ。気絶した刹那さんを俺が連れ込んだってわけ。さすがにバイクにゃ乗せられなかったんでね、タクシー使ったよ。それにしても意識のない体ってな、どうしてあんなに重いんだろうね。いちおう体は拭いといたんだけど、あとで風呂でも入ったら?」

「――この手錠を外してくれる気があるんならね」

「いまはまだ外せないんだ。つーか、だからあとでって言ったんだけど」

んーっと両腕を伸ばしてから、光秀が急に気づいたように「やべえ、コーヒー買い忘れたワ…」と独りごちる。先行きのまるで読めない話に、僕は思わず眉間を強張らせていた。

「ミツは僕を、助けてくれたんだよね…？」

小声で核心に触れた途端、饒舌《じょうぜつ》だった口が急に閉ざされて笑顔だけが返ってくる。

（そうじゃない、の……？）

端的にいえばこれまでの言葉も、僕をこんなところに連れ込んで手錠までかけた張本人だと自白しているようなものだ。なのにそういった緊迫感がまったく感じられないのだ。

「説明してくれるよね、どういうことか…」

震えそうになる声で質疑を重ねる。だがいくら待っても、光秀の黙秘の姿勢は崩れない。笑顔がさらに深まるだけだった。その魂胆の見えなさに、僕は気づいたら声を荒げていた。

「茶番はもうたくさんだよっ。これは何なのか、説明し――」

「おっと、このホテル壁薄いんだよね。夜更けに大声出すのはちょっと勘弁」

そう言いながら、立てた人差し指を光秀が引き結んだ口許に添える。続けて窓を示されて視線を移すと、外にはとっぷりとした闇が口を広げていた。

「いま午前三時。朝まで起きないかと思ってたんだけどね。意外に早いお目覚めだったね」

携帯で時間を確認した光秀が、それをベッドに放ってからよいしょっと腰を上げる。

開け放されていたカーテンを引いて戻ってくると、今度は立ったまま水に口をつけた。傾いたペットボトルの中で揺れる水面が、煌々《こうこう》とした照明を受けて目映《まばゆ》く光る。僕は歯噛みしたい思いで、その光沢にじっと目を留めていた。

妙に落ち着き払った言動に、これは外見だけがよく似た別人なのではないかと思いたくなるも、自分の感覚がはっきりと告げている。これは光秀本人に他ならないと。

「……ミツ、答えになってないよ」

「ああ、答え？　でも俺が何言っても刹那さん、納得しないような気がするけどね」

(それはどういう意味…？)

口ぶりや態度だけなら普段の光秀と変わらないのだが、だからこそ、この状況での異質さが余計に際立っていた。得体の知れない不安が時間の経過とともに膨れ上がっていく。

あっという間に空にしたペットボトルをサイドテーブルに置くと、光秀は再び隣のベッドに腰を下ろした。背中を丸めて前傾姿勢で膝に両肘をつきながら、左右の指を互い違いに組み合わせる。

「それにしても、さ」

他愛ない世間話でもするかのような気軽さで光秀は口を開いた。

「離婚手続きもまだなのに、もう縁談が決行されるなんて——さすが叶家だよね」

唇の片端を持ち上げて、シニカルに笑いかけられる。

「——……」

唐突に家のことを持ち出されて言葉を失っていると、こちらの反応に満足を得たように皮肉げな笑みが今度はニッコリとした満面のそれに変わる。わざとらしいまでの鮮やかさが、これは「演技」なのだと物語っていた。内心の思いとは裏腹に浮かべている、偽りの笑顔なのだと。

「ミツ…」

「ま、あんたが離婚とか言い出した時点でそうなるだろうとは思ってたけどね。でも、古閑に口止めまでして進めたかった縁談が、アレってわけ？」

光秀の笑みがわずかに揺らいで歪《いびつ》になる。

上月にどんな仕打ちを受けたか、光秀にはすでに知られているのだ。この身を整えたのが彼だというのなら、局部に受けた辱めも間近にしたことだろう。あんな目に遭ったことを指しているのだと知れて、急に羞恥《しゅうち》で居た堪れなくなった。

「あ、あれは…」

「もしかしてあーいう『プレイ』だったんなら、お楽しみのとこ邪魔して悪かったな」

（そんなわけないだろ…っ）

怒りと屈辱で震えながら紅潮すると、光秀がハハッと息を吐いて笑った。

おもむろに立ち上がった体が、今度はこちらのベッドを軋《きし》ませてくる。自分よりも長身でガタイのいい光秀の体重に、ぎしっとスプリングが嫌な音を上げた。じりじりと壁際に身を寄せて、無言で光秀との距離を取る。鎖の限界まで退いた僕に、彼は楽しげに瞳を細めた。

「刹那さんはさ、やっぱ年上が好きなんだね」

「何を言って…」

「だって俺みたいな年下じゃ、あんなコアなプレイ思いつかねーもんな。つーか、あんなトコで感じちゃうなんて初耳だし。いままで俺とヤッてててもつまんなかったんじゃない？」

満面の笑みを保ちながら、光秀が切れ長の瞳を片目だけ狭める。その表情に明らかな侮蔑《ぶべつ》を感じて、僕は衝動的に右手を振り上げていた。

「あんなこと、僕が望んだわけじゃ……ッ」

頬まで届かなかった鎖がビンと宙で張る。微動だにしなかった表情がぐらりとそこで揺らいだ。

「いいや、あんたが望んだんだよ。——兄貴を謀《たばか》って、俺を捨ててね」

光秀の表情がそこですべて消える。

（ああ、そーいうことか…）

さっきからの言動やこの状況が何に根ざしているのか、遅まきながら僕にもわかりはじめていた。合わせた瞳の奥で揺れている炎の「青さ」が、いまは目を凝らさなくても見える。

それだけ深く、重い怒りを秘めているのだと悟って、僕は脱力した体を枕にもたせかけた。力なく落ちた手首がしゃららん…と小さく鳴る。

これが断罪だというのならば、自分には受け止めるべき義務があった。

（ああそうだね、まさにそうだ…）

この「状況」こそが僕の望んだものではなかったろうか？

嫌われたい、憎まれたいと願ったとおりに、光秀の激情が自分に向けられているのを感じる。

「あんたの人生ってさ、けっきょく逃げてばっかだよな。兄貴への気持ちからも、俺の思いからも。どこまで逃げる気か知んねーけどよ、あまりに虫がよすぎんじゃねーの？」

光秀の手が俯いた僕の顎に指をかけた。

（返す言葉もないよ――…）

唇を重ねられて、歯を立てられる。血の鉄くささが載った舌でぐるりと口中を舐め取られた。気のない、けれど長いキスに唇を開かれて、次第に舌が痺れたようになってくる。

「あの縁談が嫌だってんなら、俺がぶち壊す手助けをしてやるよ」

唇を外すなり、どこか他人事めいた空々しさで囁《ささや》くと、光秀は縮めていた僕の手足をシーツから引き出した。中途半端に枕に背もたれたまま、足だけを真っ直ぐにされて裾を割られる。手つきだけなら労《いたわ》るように優しく帯を解かれて、露になった素肌に灼《や》けるような掌を載せてくる。

「わかるだろ、この熱さ。まだぎりぎりヒートなんだよ」

「……ミツ」

「誘発剤《クスリ》、使われたんだろ？　したら、あんたもヒートってわけだ」

彼の思惑に見当がついて、僕は信じられない思いで首を振った。驚きのあまり、動作がぎこちなくなる。真顔のまま光秀がそれを見つめていた。

「――…っ」

止まりそうな呼吸に言葉を呑み込まれながら、僕はひたすら首を振り続ける。

（そんなこと――…）

発情している光秀と同じくらいに、自分の体も発熱しているのを感じる。上月に盛られた薬が効果を発しているのだろう。こちらの意志に構わず這《は》い回りはじめた掌が、次々と官能の芽を体のあちこちに育てていく。摩られるだけの愛撫だというのに、トロ…と先端が熱くなるのがわかった。

体が完全な発情状態にあることを、鎮まることのない鼓動が教えてくれる。

「だめだよ、そんなこと…っ」

「どうして？　他の男の子供を身籠れば、そうそう縁談なんて組まれやしないだろ」

慣れた手が快感を引き出していくのに耐えながら、僕はどうにか光秀の手から逃れようと身悶《みもだ》えた。

そのたびにうるさいほど鎖が鳴って、僕はようやくこの手錠の本当の意味を悟っていた。

（まさか、初めからこのために……？）

この策略のために用意したというのだろうか。

「だめだってば…！」

心臓が竦みそうな怖さを堪えながら、震える唇をきつく噛み締める。光秀が暗く淀んだ瞳でこちらの反応を観察している。瞳の奥の炎がより深く、色濃くなっているのがわかった。

「あんただってあんな男よりは、俺の方がまだマシなんじゃねーの？」

「そんなこと本気で言ってるの…？」

「あー本気だよ。こんな手の込んだ嘘、わざわざつくほど物好きじゃねーし」

光秀の目の色が、ポウッとわずかに明るくなる。途端に衣擦《きぬず》れの音が間近で聞こえて、慌てて目で追うと青黒い蛇がシーツの波間に消えるところだった。

「あれ…」

「見覚えあるっしょ？　こないだ入れたばっかの蛇だよ。操るのに器用さが要求される種類でね、鍛錬のためにって彫られたんだけど——本来の用途はコッチ方面なんだよね」

「……っ、何…？」

内腿《うちもも》にひんやりとした感触を感じて、反射的に身を竦ませる。脚の間を這い登ったそれは緩く勃ち上がりかけていた屹立に身を巻きつけると、ザラついた鱗をずるずると押しつけてきた。

「蛇は『隠密《おんみつ》の型』って言われてるけど、そう呼ばれ出したのはここ百年くらいなんだよ。それまでは『拷責《ごうせき》の型』って呼ばれてたんだ」

「ゴウセキ…」

「いわゆる拷問系。毒でってより、具現化した蛇で何かするってのが多いんだけど。で、そーいうってな、圧倒的にこの手合いが多いんだよな」

巻きついた蛇が身を捩《よじ》りながら器用に先端へと登っていく。チロッと出された舌が切れ目を掠《かす》めて、僕は声を引き攣らせて腰を捻った。だが身じろぎにも動じずもう一度舌を出すと、蛇が今度は明確な意志をもってほんのりと潤みはじめていた先端に舌先を埋めてきた。

「誰しも、苦痛より快楽に耐える方が難しいっつーわけだ」

押し込まれてきた舌がびくびくっと中で痙攣する。

「んン…ッ」

「絶頂を引き伸ばすか、強制するかでたいがいのやつは堕ちるらしいよ。これはそれ専用の蛇」

パクリと口を開いた蛇が、僕の先端を呑み込んでさらに奥へと舌を進めてくる。無機質な棒とは違う有機的な質量がソコを埋めていく感触に、僕は堪えきれずに嬌声を上げていた。

「これは引き伸ばす時の仕様だよ。ココで感じるんなら余計辛いかな」

上月に使われた媚薬がまだ残っているのか、生温かい表面が中で波打つのに合わせてじわじわとした快感が込み上げてくる。そのまま何度か上下されただけで、奥の方から熱い粘液がどっと溢れてくるのがわかった。これ以上ないほど硬く張り詰めたそこが責められるたびにビクビクと戦慄く。

「ずいぶん開発されてんじゃん。実は前からココが好きだった？」

「あっ、ぁア…っ」

幹に絡められた鱗までが蠕動《ぜんどう》し、感じやすい箇所を外側からも擦りはじめる。そんなわけないと首を振るも、それを裏切るように歓喜で体がのたうっていた。狭い隙間をみっちりと埋めた舌が上下するごとに、掻き出された粘液がてらてらと蛇の体を艶めかせる。

「抜く時に見たけど、あの棒、表面に溝がついてたよね。これもそういうふうにする？」

「や、だめ…っ」

「たとえばこれが逆鱗《さかうろこ》」

「——ああっ」

蛇の舌の表面が、急に細かな粟立ちを帯びる。

普段触れられることのない部分に、ざらついた鱗の刺激を受けてガクガクと腰が揺れる。意識が飛びそうになると緩められる刺激に、いつのまにか零れていた涙が頬を濡らしていた。

「泣くにはまだ早いかもよ、辛いのはこの先だからさ」

とりあえず一度抜くね、と告げた言葉どおりズルズルと蛇の舌が抜けていく。暴力的なまでの逆鱗の刺激に、僕は抜かれるなり最初の絶頂を迎えていた。

「ひ…っ、アァぁ…っ」

青黒い蛇の身に、パタパタ…と重い白濁が散る。二度、三度と腰を震わせながらの射精に合わせて、手首の鎖がやかましく鳴った。だが一度放ったというのに萎える気配がないのは、蛇が巻きついているからなのか、それともこの異常な快楽に意識までが呑みこまれているのか——。

こちらの嬌態に引きずられることなく、光秀は続けて冷静に蛇を操った。

「そんじゃ、今度は強制するバージョンね。これで最後まで絞り尽くすってわけだ」

一度は先端から頭を離した蛇が、今度は先ほどよりも大きく口を開けて被さってくる。一度目の余韻も冷めないうちに、ずずずっと蛇の口腔《こうこう》が今度は外側を擦り上げてきた。

「う、……っく、あ」

「これは雄体の半陰陽によく使われたって話だよ」

淡々とした光秀の言葉と態度には欲情の気配も兆しも見られない。何かの実験を見守るような面差しと口調を保ちながら、彼はすでに半ばまで蛇に飲み込まれた僕の屹立に指を添えた。

「そういえばこういうプレイも何度かしたよね。あれは若妻陵辱編だっけ？　俺の子を孕みたくなかったらイクのを我慢しろよってやつ。こないだつき合えなかったから、今日はつき合うよ」

「い、やだ…」

緩やかな、けれど確実に追い込む仕草で動く蛇に耐えながら、僕はまた何度も首を振った。

雄体の半陰陽が「変化《メタモルフォーゼ》」を遂げるための条件、それは発情時に精嚢《せいのう》を空にすることだ。その時点で体が排卵の準備に入るのだという。外見上の変化はないけれど、一度中を空にされればこの身はもう「男」ではなくなるのだ。その状態で中に出されれば妊娠の確率はかなり高くなる。

(ねえ、嘘だって言ってよ……)

表情からはまるで読み取れなかったが、光秀が寛げた前からすっかり勃ち上がったものを取り出す。

標準よりも長さのある、見慣れたはずの屹立が初めて目にする「凶器」に見えた。

「俺のならあんたのGスポットに届くんでしょ？　前だけじゃなくて後ろでもイカせてあげるよ」

「嫌だ、ミツ…ッ！」

悲鳴じみた声を絞り出すも、掌で覆われて懇願はすぐにくぐもってしまう。

「言ったろ、壁薄いんだって。——これは俺の思いを侮ってた罰だよ」

（罰――…）

慣れた仕草で後孔を解した指が挿入のための準備を整える。その手順を、僕はただ見つめることしかできなかった。片膝を立てられてその裏に腕を潜《くぐ》らされる。ぐっと開かれて、用意の済んだそこに濡れた音を立てて光秀の先端が宛がわれた。

抱かれるわけではなく、犯されるのだと知らしめるように光秀が一気に腰を進めた。開いた肉がすぐに慣れた太さを丸呑みにする。躊躇《ちゅうちょ》もなく最奥を突かれて、僕はその衝撃に腰を跳ね上げた。

「あ、アッ」

快楽の源を抉《えぐ》るような刺激に、反射的に迎えた二度目の絶頂を蠕動しながら蛇が吸い込む。ずるずると前後しながらの吸引に、僕は堪らずしたたかに出していた。先ほど散々弄られた尿道を熱い精液が通っていく快感にまた腰が震える。

「一度で終わりじゃないよ」

囁かれた言葉を解する間もなく、立て続けに蛇が喉を締めつけた。前後する動きが急に早くなる。

「ひっ、ア――…っ」

そのまま強烈な吸引を施されて、僕はすぐにまた白濁を放っていた。

射出の勢いにも勝る吸引にガクガクと腰が揺れる。その刺激がダイレクトに僕の内部にも及ぶのだろう。くっ…と荒い息が漏れて、埋め込まれた質量が一回り太くなった。

「ふっ、ウ……あっ、アン…っ、ああッ」

膨らんだ先端で襞《ひだ》を掻き回されて、あられもない声が部屋中に響きわたる。光秀はもう声を制することはなかった。余裕のない律動が小刻みに奥のしこりを穿《うが》つ。そのたびに叩き出される粘液をもひっきりなしに吸引されて、僕は快楽だけの世界に叩き落とされた獣のようにただ叫んでいた。

「――……あっ」

ジワッと中に熱が広がる。それを広げるようにグラインドされて、もう何度目になるか知れない絶頂をまた強制された。絶え間ない刺激で過敏になっている屹立を、喉の戦慄《わなな》きがさらに追い詰める。だがどれだけ放っても満足することがないように、蛇は淫液の嚥下《えんげ》をやめない。

（あ、もうすぐ……）

内部に変化が訪れる、とかつての記憶が自分に告げていた。

過去に一度だけ、僕は「変化」を経験したことがある。相手はあの刀牙だった。

後学のために知っておいた方がいいと嘯《うそぶ》いて、あの男もこんなふうに連続して絶頂を強いたのだ。こっちはヒートじゃないから安心しろと言われていたが、あの百戦錬磨の刀牙が堪えきれず中に出すほど、変化時の「内部改変」は挿入している者に至上の快楽をもたらすのだという。そういった意味で雄体の半陰陽を抱きたがる男も多い。だがメタモルフォーゼした体に望まずに出される行為、この時の感覚を言葉にするなら「恐怖」以外の何物でもない。

（こんな、こと…）

それを自分に強いろうとしている光秀に、いまさらながら戦慄《せんりつ》を覚える。だがそこまで追い詰めた

のも自分なのだという悔恨が深く根を張り、僕はほとんどの抵抗をもう諦めていた。

それを決定的にしたのが、苦しそうに漏らした光秀の言葉だった。

「あんたがどうやって兄貴を手に入れたかも知ってるよ。これはそれと同じことだろ…」

（まさか、知ってるの……？）

あの日、自分が画策したこと。その汚い魂胆の一部始終を光秀が知っているのだとしたら。

これは確かに、妥当な報復なのかもしれないと思えた。

――十六度目の誕生日は家から出ないよう言われていたけれど、あの日僕はそれを無視して義継の家に遊びにいったのだ。最初は何も考えてなかった。ただ家にいたくなくて抜け出しただけだった。思いがけず誕生日を覚えてくれた義継の「おめでとう」の一言が本当に嬉しかった。誕生日といえばケーキだ！　と買い物に飛び出してくれた義継の背中に、僕は己の幸せを噛み締めた。

自身の「異変」に気づいたのは、義継が買い物から戻る少し前のことだった。

このところ続いていた微熱が急に悪化すると同時に、いままで感じたことのないほどの性衝動に見舞われて、これが「ヒート」なのだとままならない体を通じて知った。

その時、悪魔が囁いたのだ――。

（これは最初で最後のチャンスなんじゃない……？）

翌日には、いまだ顔も知らない「許婚」との結納が予定されていた。そのうえお誂《あつら》え向きにこの日、光秀は実家に帰っていて不在だったのだ。自らの運命から逃げ出すにはいましかないと、囁く悪魔に僕は魂を売った。どんな形であれ、成熟後に「間違い」を起こせば、いまの許婚との関係は白紙になるのだ。——いや、それだけでは不十分だろう。これだけのお膳立てが揃っているというのに。

僕の財布には、いつだったか刀牙の持ち物からくすねた発情誘発剤が入っていた。妊娠の可能性がある既成事実となれば、事態はもっと明確になる。

義継が帰ってくる前に、僕はそれを彼の分の烏龍茶《ウーロン》に混ぜた。買い物から戻るなり、義継は喉が渇いたとそれを一気飲みした。ほどなくして発症し倒れ込んだ彼に、僕は介抱するふりで手を伸ばした。自分の身と同じくらい熱くなった義継の体に、僕は滾《たぎ》るような欲情を覚えた。けれど——。

『悪い…でも大丈夫だから……』

自分の不調を詫《わ》び、横になっていれば収まると譲らない義継に、僕は少しずつ苛立ちを募らせていた。薬の効きがよすぎたのか意識が混濁しはじめてもなお、義継は僕の介抱を強固に拒んだ。

（そんなに辛そうなのにまだ我慢するの…？）

もはや理性が働いているとは思えない状態にもかかわらず、何度もくり返される拒絶に僕はやがて冷めた憎悪すら抱くようになっていた。

（セツナじゃだめなんだね。だったら——）

『辛かったら僕が楽にしてあげるよ。だから我慢しないで身を委ねて』

僕は能力を使って、「トワ」の声でそう優しく告げた。すると譫言《うわごと》のように兄の名を呟きながら、義継は僕の身に手を伸ばしてきたのだ。それからはずっと永遠の声で話しかけた。

最中にも何度となく、義継は永遠の名を呼び続けた。どんな体位で何度イッたかは夢中すぎて覚えてないのに、兄を呼ぶ義継の顔だけはいまでもよく覚えている。

翌朝――義継は隣で眠る裸の僕に、よほど驚いたのか覚醒するなりベッドから落っこちた。まったく記憶がないという彼に、僕もほとんど記憶がないのだと嘘をついた。それから、兄に間違えられたようだったけど…と言い添えると、義継はしばらくの間惚《ほう》けたように言葉を失っていたけれど、ややして声を取り戻すと「責任は取るから」と真面目な顔でそう宣言した。

自分も昨日はヒートだったらしいこと、成熟を迎えた僕との行為が妊娠の可能性を孕んでいることを僕に語ると、義継はくしゃくしゃに歪めた顔でごめんな…と僕に謝った。

（いったい、僕は何を……）

その時になって僕はようやく、自分が取り返しのつかないことをしたんだという自覚に襲われていた。突如として圧しかかってきた悔恨と罪悪感とで青褪《あおざ》めた僕を、義継は「大丈夫だよ、おまえは俺が守るから」と力強く肩を叩いて励ましてくれた。

けっきょく、義継は自分の罪として叶・古閑の両家に事態を報告した。僕を許婚に引き渡すのが嫌で「一夜の過ち」を犯したのだという義継の言い分を、誰も疑おうとはしなかった。事態の収拾にばかり気を取られていた大人たちには、発端なんてどうでもよかったのだろう。ルール違反だと噛みつく叶家を最終的に黙らせたのは、古閑の権威と財力だった。

そうして僕は義継の妻の座を手に入れたのだ。

その後の検査で妊娠していないことがわかると、義継は心底安堵したように僕の手を取った。

『よかったな。やっぱ子供は、愛し合う二人の間に生まれるべきだもんな』

『……もし妊娠してたら義継はどうしてた？』

『そりゃー可愛がるさ！　何たって刹那の子だもんよ。でもせっかく子供を生める体なんだからさ、おまえはちゃんと愛した人の子を宿すべきだよ』

そう言われて、妊娠を安易に手段として使った自分が誰よりも穢《けが》れているような気がした。悪魔に魂を売った時点で、この手はどす黒く汚れてしまったのだ。

（同じこと、か……）

光秀が奥に放つのと同時に、また蛇が喉を引き締める。吸い出された少量の精液を嚥下されながら、僕は溢れた涙で視界が真っ白になるのを感じた。

僕が義継に背負わせようとしたことと、これは同じことなのだ。生命を弄《もてあそ》ぶ行為が許されるわけがない。だからこれは報いなのだ。義継を陥れ、光秀の気持ちをも踏み躙《にじ》った僕への――。

完全に抵抗をやめ、されるがままになった僕に光秀がふいに手を止める。

「刹那さん…？」

「――軽蔑してくれていいよ。君に好かれる資格なんかないって、これでわかったでしょう…？　君の思いすら利用して、こんなに傷つけて僕は…」

「悪いけどいまさら懺悔《ざんげ》なんて聞かないよ。やめる気もないし、もう遅いしね」

僕のものに食らいついている蛇の尻尾を、光秀の指がひょいと摘《つま》んだ。

指に押されてぶよぶよと揺れるその中にあるのが、自分がこれまでに出した精液なのだと教えられた。目に見えたその分量の多さに、いよいよ体の限界が近いことを思い知らされる。

「あんたはあの日、わざと兄貴を誘ったんだろ？　妊娠までして陥れようなんてずいぶん捨て身だよね。しかも自分だとわかったら拒まれるからって、永遠さんの声まで使ったんでしょ？　ねえ、兄貴がそれ知ったらどうすると思う？」

「――…っ」

反射的に身を竦めた僕に、光秀がニヤリと唇を歪めた。

「あんたってさ、自分のそういうトコ、兄貴にはことさら隠すよな。それで涼しい顔して澄ましてるんだから笑っちまうよ。自分を曝《さら》け出す強さもないくせに、全力でぶつかったこともないくせに、言い訳ばっか並べてんじゃねーよ。小狡い手に逃げて、それで兄貴を手に入れて満足だったか？　なわけねーよな。じゃなきゃ六年も、そんな不幸そうな面してるわけがねーんだよ…っ」

僕の顔のすぐ横に、ぱすっと力なく拳が打ち込まれた。

（ミツ…）

枕に利き手を埋めながら、光秀が深い呼吸で胸を膨らませる。それから数秒息を止めると、きつかった瞳のラインを弛《ゆる》ませながら、今度はゆっくりと肺の空気を吐き出していく。

「……あんたが幸せだってんならそれでいいかと思った時期もあったよ。でも悪いけどいまはもうそう思ってない。あんたにどう思われようとも構わない。いつだったかあんた、自分のために何を捨てられるかって聞いたよな？　俺はあんたが手に入るんなら他の何もいらねーよ。だからもう、あんたの心すらいらないんだ」

凪《な》いだ瞳に炎の影はもう見あたらなかった。その奥に仄《ほの》見えているのは、誇り高く純粋な思春期のプライドだった。その気高さが僕のために軋んだ悲鳴を上げているのだ。

「──俺に手ェ出したこと、一生後悔すればいい」

そうして罪の烙印《らくいん》を押すように、入れたままの腰を打ちつけてくる。休みない律動に穿たれながら、僕は傷ついたその表情から目が離せなかった。

（ごめんね、ミツ…）

初めから出会わなければよかったのにと思う。義継とも、光秀とも。

そうすればこんなにも糸が絡まることもなく、雁字搦《がんじがら》めになることもなかったのに。しかも僕は、自分だけそこから抜け出そうとしていたのだ。こんなにも困窮した光秀を置き去りにして。

（本当にごめん──…）

僕の目に嵌まっていた鱗がまた一つ、ポロリと剝がれ落ちた気分だった。

光秀の言葉どおり、自分の人生が「逃げ」だけで構成されていたことに、僕はいまようやく自覚を持てたのだ。自分が一番の被害者だと、頭のどこかではずっとそう思っていた。

自意識過剰で自虐的で、何かあればすぐに逃げて、はては被害妄想に陥る──それが僕だ。

そんなやつのそばで彼はどれだけ疲弊し、傷ついてきたのだろう。その計り知れなさを思うと気が遠くなってくる。

(彼の思いからこそ、僕は逃げちゃいけないんだ)

それで気が済むのなら、いくらでも傷つけられたかった。僕にできるのはそれを受け止め、受け入れることだけだから。これが終わって、ようやくそこから贖罪《しょくざい》がはじまるのだろう。

一番深くまで突き入れたところで、光秀が小さく呻《うめ》く。濡れた隙間に新たな熱感が広がっていった。それに触発されるように、僕も蛇の中に最後の数滴を放つ。下腹部の奥深くがずくっと疼いた。

「……っ」

無音で喉を喘《あえ》がせた光秀が、倒れ込みそうになる体を壁についた手で支えながら衝動的に腰を突き入れてくる。熱く締めつけたその屹立から、精液を搾り出すように僕の内部がぐぐっと作り変わるのがわかった。いままでで一番熱い奔流を最奥に叩きつけられる。

「あ、あ……」

咄嗟に能力が解除されたのか、パシッと宙で蛇が掻き消えた。その名残のように、いままで僕が放ったものが下腹部に落ちて広がっていく。絶え間なかった吸引で、すっかり色の変わった陰茎がだらりと精液の水溜まりに横たわった。

精魂を使いはたし、息だけを激しく喘がせながら目を閉じる。

枕をクッションに壁に背もたれて、追い詰められるように前から脚を開かれて、こんな狭い隙間でどれだけの間責められていたのだろうと思う。関節のあちこちがすでに悲鳴を上げていた。

（ミ、ツ……）

重だるい腕を持ち上げて、自分のものではない体温を探す。薄く目を開くと、壁に肘をついて俯いているソリッドな顎のラインが見えた。

この数日、記憶の中で何度となく反芻《はんすう》してきた光秀の輪郭が改めて目の前にあることを実感する。決断を下したあの日からずっと空虚だった胸の隙間――そこに誰のシルエットが嵌まるのか、いまになって気づくなんて己の愚かしさにいっそ笑い出したくなる。

（ミツのものになれたらいいのになんて……それこそ虫のいい話だよね）

尖った顎先に触れたくて手首を持ち上げると、しゃらんと手錠が鳴った。閉じていた吊り目がはっと見開かれる。起き上がろうとして遠のきかけた首筋に、僕は伸ばした両手で力なく縋《すが》った。

「いかないで、ミツ…」

叫びすぎて嗄《か》れかけた声を必死に絞る。

「――利那さん」

「お願い……もう少しだけ…」

僕の手を解こうとしてくる腕に、首を振りながら抗《あらが》う。

（いまだけ…あと少しだけでいいから、この熱を感じていたい――…）

何度か攻防をくり返すうちに、やがて諦めたのか彼の腕がぱたんとシーツの上に落ちてきた。過不足なく筋肉に覆われた体の内側で、まだ収まりきらない鼓動が脈打っているのが聞こえる。目を閉じてその調べに耳を傾けていると、ひゅ…っと光秀の喉が小さく鳴った。

「……何でだよ…」

「え……?」

吐息とともに吐き出された言葉があまりに震えていて目を開く。色濃く陰影の浮いた喉仏が、二度三度と苦しげに上下するのを僕は息を潜めて見つめた。

「何で…抵抗しなかったんだよ……」

掠れきった非難の意味を量れずに首を傾げる。光秀は目許に手首を押しあてると、表情の半分を覆い隠した。そうして唇だけで皮肉げな笑みを作ってみせる。

「嫌がれよ。突き飛ばせよ、俺を——…何、大人しく犯されてんだよ。非合意のセックスなんてただの暴力だろ……しかも最低の暴力だ。いいのかよ、子供なんか孕まされて…」

震える唇に、弱々しく語尾が吸い込まれていった。

パタ…と熱い雫が僕の胸に落ちてくる。手首の隙間から零れ、顎を伝い落ちた雫がまた一滴。それを右手で受け止めると、しゃらら…と鎖が小気味いい音を立てた。

「——僕が、君にそうされたかったからだよ」

素直な本音を返すと否定するように首が振られる。その理由がわからず押し黙ると、光秀は二度ほど鼻を啜《すす》り上げてから「意味ねーんだよ、それじゃ」と小さく呟いた。

「意味…?」

「俺は、あんたに嫌われたかったんだよ。この状況でこんなコトされて、何であんた受け入れてんだよ。これじゃ悪役になった意味がねーだろ…」

(悪役……?)

しばらく沈黙を共有してから、光秀がスンと鼻を鳴らして顔を上げる。少し目と鼻が赤いだけで、涙の余韻はほとんど感じられない。見慣れた顔が、憔悴《しょうすい》と困惑とを入り混じらせたような表情でかすかに微笑んだ。

「あんたがどこまでも逃げようとするから、俺は逃げ場を断とうとしたんだよ」

光秀曰《いわ》く――自分が悪役を買って出ることで、僕を引き止めようとしたのだという。

「俺自身があんたの逃げ場になってるのはわかってたよ。俺はそれが嬉しかったし、それであんたを助けてる気だったけど、でもあんたは俺がいるから兄貴と向き合わなかったんだよな。だからそれを潰《つぶ》そうと思ったんだ」

「ミツ…」

自分とは違う見解に驚きながらも、僕は光秀から見えていた「現実」に耳を傾けた。

「結婚のことだって、全部が全部あんたが悪いわけじゃねーだろ…? なのにあんたときたら、何でも自分のせいにしたがるよな。べつに兄貴が好きなら好きでいいじゃねーかよ。理屈で恋なんかできねーんだからさ。あんたが背負ってる罪悪感なんて、俺から見たらただの自己満足だ」

（わあ、痛いね……）

耳に痛い言葉が続いて、僕は苦笑しながら腕の力を抜いた。光秀の首筋から解けた腕が、鎖を鳴らしながら体の両脇に落ちる。俯いた僕の様子を窺いながら、彼はさらに言葉を続けた。

「あの人、本当はあんたが初恋だって言ってたよ。永遠さんじゃなくて、刹那さんに一目惚れだったって。でもあんたが自分の血筋を嫌ってたから――自分だけはそういう目で見ないようにしようって決めてたんだとさ。親友でい続けようって」

「嘘……」

「そう思うなら本人に訊いてみろよ？　ま、いまは違う恋に目が眩《くら》んでるみたいだけどさ、まったくの見込みなしってこともねーだろ？」

正面切ってぶつかりゃ活路もあるだろよ、と笑う光秀に僕は思わず声を詰まらせた。

（そのためにわざわざ悪役を……？）

光秀の思惑では、首尾どおり進んだら明日にでも、兄をここに呼び出すつもりだったのだという。そこで叶家の設定した縁談や自分の悪行を暴露し、頭に血を上らせようとしたのだと。

「あの人のことだから離婚なんか撤回するだろうし、俺までが裏切ったと知ればあんたを守ろうと必死になるだろうからな。いまの恋どころじゃないよ。そこまでお膳立てすれば、さすがのあんたも素直になるんじゃないかと思ったんだよ」

そんな筋書きを描いていたんだと、光秀はぼそりと小声で自白した。

それから思い出したように僕の中から自身を抜き出す。途端に溢れ出した白濁に僕が身じろぐと、さらに「ごめん…」と声を弱らせた。

「ヒートってのもあれ、嘘だから。俺のは三日前に終わってるよ」

「そう、なんだ…」

「――正直、少し考えたけどね。あんたが俺の子を見籠ったら俺のもんになんのかな、とか。ここまでの道中だって、連れて逃げたい衝動との戦いだったし…。あんたを手に入れたい気持ちはいまも変わってないよ。でもそれはどうしたって、あんたの幸せとはイコールにならないからさ」

（ミツ……）

苦しいだろう胸中をわざとあっさり明かして笑う光秀に、僕は気づいたら涙を零していた。

「どうしてそこまでしてくれるの…?」

僕が必死に隠していた汚さを知っても、彼は前と同じように笑いかけてくれるのだ。

「本当の僕を知ったら、君はぜったい離れてくって…」

軽蔑して見放されるんだとばかり思っていたから、弱い僕はその前に光秀を切り離したのだ。

（それだけ君に嫌われるのが恐かったんだよ――…）

嫌われるくらいなら憎まれたかった。僕の魂胆をそこまで知っていてなお、彼は僕に手を差し伸べてくれるのだ。そこまで思われる価値が自分にあるとは思えなかった。しゃくり上げの合間にそう訴えると、光秀は呆れたように鼻から息を抜いた。

「前にも言ったろ、価値は問題じゃねーって。メリットデメリットで恋するわけじゃねーんだからさ。そもそも俺があんたを好きになったのは、その話を聞いたからだよ」

「え？」

「つーかこの話、誰にもした覚えないんじゃないの？　何で俺が知ってるのか不思議じゃない？」

言われてみれば、あの日の真実はいままで誰にも明かしたことがない。一生秘めて、墓場まで持っていくつもりでいたのだ。なのに光秀はかなりの詳細を把握していた。

驚きのあまり涙の止まった僕から目を逸らすと、光秀は少しばつが悪そうに左目の刺青《いれずみ》を撫でながら、「あー…」と声を潜ませた。

「あんたは覚えてないと思うけどさ。婚約が決まってから一ヵ月くらいしてからだったかな？　家に泊まりにきた夜、あんたすごくうなされてたことがあってさ、揺り起こしたら泣きながらゴメンナサイって懺悔しはじめたんだよ。次に起きた時にはもう、そんなこと忘れてたみたいだけど」

「う、そ…」

「本当。でも俺はそれであんたに惚《ほ》れたんだよ。——守りたいって思ったんだ」

そこまで言ってから、光秀は「あーあ…」と小さく独りごちた。

「かっこわりーから二度目の告白はしたくなかったんだけどな…。またフラれんのわかってるし」

そうぼやきながら顔を上げた光秀が、薄い唇に苦笑を浮かべる。

（そんなこと…）

光秀の思いを改めて聞いて、僕はまた止まらなくなった涙に頬を濡らした。それを困ったように拭う指先に、自身の掌を被せる。

これまで光秀の思いにどれだけ救われ、支えられたことか。

（どうして気づかなかったんだろう）

光秀の前では飾らない自分でいられたことに。

ありのままの自分を受け止めてくれていたのが、彼だったのに――。

（僕はバカだ…）

しゃくりあげるたびに新たな涙がボロボロと零れていく。

「……けっきょくあんたを泣かせちゃったな」

次々と溢れる涙に指を濡らしながら、光秀がふいに苦しげに眉を寄せた。

「あんたが離婚を切り出した時さ、正直すげー腹が立ったよ。あんたの意図も見えてたけど、俺がそばにいようが何を言おうが所詮、関係ないんだってわかって……あんたが憎くて堪らなくなった。そっちが勝手にするってんなら、俺も好き勝手しようと思った。でも――できなかった」

「ミツ…」

「あのさ、まじでいろいろ考えたんだぜ？　あんたを見捨てようかとも本気で考えたし、逆に攫《さら》って逃避行ってのも悪くないなとかさ。でもね、どれもあんたの泣き顔が浮かんできてさ……気がつくとどうすればあんたが幸せになれるか考えてんの。そのために俺ができるのは何なのかってさ」

「……っ」

大粒の涙で歪んだ視界で必死に光秀の顔を捉える。涙が伝染したように少しだけ鼻を鳴らすと、光秀は俯きがちに僕の手を外した。

「他にも選択肢はあったと思うんだけどね、俺が思いついたのはこれくらいでさ。自分の不器用さに我ながらイヤんなるわ、ホント…」

ゴメン、と小さく謝られながら手錠を外される。僕は自由になった腕で光秀の首に縋った。

「刹那さん…」

呼びかけに応じる余裕すらなく、ひたすら涙で声を詰まらせる。

こんなふうに泣いたのなんていつ以来だろう。子供の頃だって滅多なことでは泣いた覚えがない。止まらない涙と嗚咽で呼吸すらままならなくなった僕の背に、そっと光秀の腕が回された。

「……このまま、時間が止まればいいのに」

ややしてぼそりと零された言葉に、締めつけられるような胸の痛みを感じる。

この数日間で思い知った彼の存在の大きさを、重要さを、どう伝えたらいいだろう？

（ただひたすらに恋しいなんて…）

抱き合っていても、何かが足りないと体のどこかが訴えている。きつく縋れば縋るほどに、胸の喪失感がよりリアルになっていくのだ。何もかもが欲しすぎて、すべてが足らない。

これを恋情と呼ぶのなら、こんなにも狂おしい感情を僕は知らない。

（ミツが欲しい――…）

衝動に従って唇を求めると、すぐに熱いキスが与えられた。

溢れる唾液に溺《おぼ》れそうになりながら、渇望のままに夢中で唇を貪り合う。こんなに求められてるんだと思ったら、飢えていた部分が少しずつ満たされていく気がした。

（これが幸福ってこと……？）

飽きるほどにキスを反復してから、また抱き合って体温を重ねる。

くり返すごとに鼓動までが重なっていくような錯覚に、頭の芯が次第に痺れていく。地に足が着いているのか疑わしいほどの浮遊感に、僕はいつしか意識の半分を手放していた。

肉体と精神の疲労がじきにピークに達しようとしているのだろう。

（だめ……ミツに言わなきゃ…）

そう思うのに、唇がうまく動いてくれない。急に脱力した僕の体をそっと横たえると、光秀は手錠で傷ついた手首に静かに口づけた。押しあてられた唇がわずかに動く。

「ごめんね、刹那さん…」

囁きに目を凝らすと、光秀はこれまでで一番穏やかな表情を浮かべていた。

「予定どおり、朝には兄貴を呼ぶよ。俺は余計なことは何も言わないから、あんたが自分で話すといい。縁談のことでも、俺の所業でも――これからのことも話し合いなよ」

「ミ、ツ…」

「何を話すかは刹那さんの自由だけどさ。押せばなびくと思うよ、兄貴。――それからアレ、発信機なんだろ？　体から外せば無効になるって聞いたから、とりあえず外しといたけど」

霞む目で示された方向を見ると、サイドテーブルの端に青い石の嵌まったピアスが載っていた。

（どうして…）

緩慢な仕草で左耳に手をやるも、そこには何もない。一度嵌めると、宗家の手によってしか外れないはずなのに…。表情でこちらの疑問を解したのか、光秀が片眉だけを少し吊り上げた。

「あー、それは嵌めた人が細工しといてくれたおかげだよ」

「え…？」

「あんたの周りにはけっこう味方多いんだぜ。そんだけ大事にされてるんだからさ、あんたが自分を大切にしなくてどうすんだよ」

光秀が唇の片端を上げてみせる。そのいつもの笑顔にほっとしながら、すぐに僕は違和感に気づいた。左目の下にあの小蛇がいないのだ。よく見れば光秀の目も少しだけ色を変えている。

（だめ、待って…）

言わなきゃいけないことがいっぱいあるのに、僕からはまだ何も言ってないのに――。

「おやすみ、刹那さん」

シーツの上の僕の手に、光秀の掌が載せられる。

チクッという痛みに眉を寄せると、光秀は「心配ないよ」とまた表情を弛ませた。次第に視界が色を失くしていく中、聴覚だけは鮮明に光秀の声を拾い上げていた。
「次に会える日がいつくるかわかんねーけど、それまで――」
だがそれも途中で寸断されてしまう。
（それまで…？）
『どうか笑ってて』
最後の言葉がはたして現実だったのかわからないまま、僕は深い眠りに落ちていった。

4

次に目覚めると、僕の隣には光秀ではなく義継がいた。

（なんだ…）

即座にそう思った自分に、内心だけで苦笑する。僕が起きたのにも気づかずに、義継は隣のベッドに腰かけながら、光秀の置いていったらしい栄養補助食品を手に雑誌のページを捲《めく》っている。

「――……」

その横顔を眺めながら、僕は義継への思いが完結していることを再認識した。あれから顔を合わせるのは初めてだというのに、胸に湧く感慨がほとんどないのだ。

義継の顔を見た途端、胸の一部がチクリと疼いたのは本当だけれど、それは甘さも切なさも苦さも帯びていない、ただ懐かしいという感覚だけだった。数日ぶりだというのに、ひどく久しぶりに会うような気分が抜けない。それだけ自分の中の変化が激しかったのだろう。

（こうして見ると、鼻の形が少し似てるんだね）

昔は義継の面影を光秀に探したものだが、いまは逆だ。他にもどこかに相似があるのではないかと思わずじっと見つめていると、ようやく義継がこちらの覚醒に気がついた。

「おー、起きたか」

開いた雑誌を枕許に放るなり、義継が呑気な調子でこちらを覗き込んでくる。その様子に、光秀はほとんどの事情を話さずに彼を呼びつけたのだろうとまず予測する。

「どうしてここにいるの？」

試しにそう訊ねてみると、義継は「おまえが倒れたって聞いてね」と少しだけ眉間に翳《かげ》りをみせた。どうやらそういう名目で光秀はここに義継を呼び出したらしい。

（なるほど…）

その前に身支度もきちんと整えてくれたらしく、僕は新しい浴衣に身を包んでいた。体も拭ってもらったのか、さらさらとした綿の感触が素肌に心地いい。

「ミツは？」

「さあ。俺と入れ違いにどっかいったぜ」

「それってどれくらい前の話？」

「んー二時間くらいかな」

「……僕には逃げるなって言ったくせに」

思わず不平を呟くと、義継が「ん？」と小首を傾げて聞き返してくる。それに「何でもない」と笑顔を返すと、僕は溜め息混じりに開け放された窓を眺めた。

そもそもここがどこなのかも僕は知らないのだが、窓からの風景にとりあえず都内なのは確かだろうと思う。夜の間はわからなかったが、窓からは海浜地区のランドマークがよく見えていた。

（外が明るいだけでこんなにも雰囲気が変わるんだね）

目映い日差しの中にあっては、この部屋で起きたことがすべて夢のようにも思えてくる。だが右手首に巻かれた包帯の白さが、昨夜の真実を物語っていた。夏空に似合わない、その痛々しさとの対比を観察していると、義継が急に「そんなことより」と自身の膝をポンと叩いた。

「縁談の話も聞いたぞ？　どっかの成金とくっつけられそうになったそうだな。まったく叶家の手回しの早さには俺もびっくりだ…。永遠さんに聞いて泡食ったよ」

「……兄さんに？」

自分の与《あずか》り知らぬところで兄が動いていたのは、刀牙の言動や庵でのメモでわかってはいたが、具体的にどんなふうに動いていたのかは皆目見当もつかない。ピアスの件や光秀の言葉の裏にも怪しいほど兄の影が纏わりついていたのだから、その手が義継にまで伸びていてもおかしくはないのだが。

（余計なこと言ってないでしょうね、兄さん…）

兄への不信が深すぎて、僕は知らず動きを止めていたらしい。大丈夫かー、と義継の掌がパパッと視界を何度か横切った。

「あ、大丈夫…」

「まだ具合悪そうだな。叶家のことは気にするなよ。永遠さんも協力してくれるって言ってたし」

「協力……？」

「ああ。可愛い弟のためなら助力を惜しまないって言ってたぞ」

（うわあ、裏で何考えてるんだろう…）

想像するだにますます空恐ろしくなってくる。兄の暇つぶしの駒にされるのは本意ではない。

「兄さんが可愛いのは自分だけだと思うけどな…」

「可愛いといえば、相変わらず可愛い声してたなぁ、永遠さんてば」

こちらの含みなどまるで読み取らない義継が、パーッと表情を華やがせながら視線を遠くへと放つ。

大方、永遠との通話を思い出して感慨を思い返しているのだろう。

（……君がそういう態度だから誤解するんじゃないか）

昨夜の光秀の話を思い出して、僕は笑顔で「ねえ、義継？」と猫撫で声を出した。

「義継の『初恋相手』は僕だって本当？」

「げ、ヒデが喋ったのか…」

途端に渋い顔になった義継が慌てたように僕の顔を見返してくる。
一、二、三秒後――。渋面が少しずつ赤らんで、義継が観念したようにガクリと項垂《うなだ》れた。
「ホントだよ…。初めて会った日、一目惚れしたんだ」

「それって編入してきた日のこと？」

「そ。教室に入るなり、おまえしか目に入らなくってさ…」

その後、意を決して近づいた義継は彼なりの熟考の末に、僕のピアスを褒めたのだという。それからようやく周りが目に入ってきて、周囲に人がいたことや体操服に気がついたらしい。

そんな義継側の事情を知って、僕は思わず吹き出していた。しかも義継は僕を「女の子」だと思って一目惚れしたのだという。

「あれからすぐおまえが男だって知って、俺の初恋は失恋に終わったんだよ…」

「アハハハハハッ」

「――笑い飛ばしてくれてありがとうよ」

そこでようやく開き直ったように、義継がはにかみながらも満面の笑みを浮かべた。

「でもおまえが男だって知ってさ。すんげーガックリもしたんだけど、話してるうちにおまえの人柄にも惹かれてったからさ、男でよかったとも思ったんだよ」

「どうして？」

「だって男なら親友になれるじゃないか」

親友なら何があったって一生つき合っていけるんだぜ？　と笑う義継に、僕は凪いだ笑みを返しながら、小さく「ありがとう」と囁いた。

親友というフレーズに初めて、くすぐったさと居心地の良さとを感じる。

こんなにも穏やかな気持ちで義継に向かい合える日がくるなんて、一週間前は想像もしていなかった。もがいて苦しんで踏み出した一歩の価値が、じんわりと胸に沁みてくる。

「あのね、僕の初恋も義継なんだよ」

声にしてみるとこんなにも呆気ないのかと思うほどに、僕の告白は数秒で終わった。

それは義継には意外な事実だったのか、一瞬だけ垂れ目が見開かれる。それから照れ笑いを浮かべると、義継はへへ…と笑いながら前髪を掻いた。

「やばい、かなり嬉しい」

光秀よりも数段濃い赤毛が、窓から差し込む陽光に透けて金色の輪郭を帯びる。

「初恋ってさ、叶わないからキレイな思い出になるのかな」

唐突な僕の言葉に、義継が「そうかもしれないなぁ…」とのんびりとした相槌《あいづち》を返す。

だったら僕の六年間も、いつしかキラキラとした粒子を帯びる日がくるのかもしれない。そう考えると、これまで抱え続けてきた思いも無駄じゃなかったのかなとようやく思えた。

叶の血を継ぎ生まれてからの間、胸に負ってきた数々の傷跡——それらはまだ少し痛むけれど、それだって泣くほどのものではない。明日明後日と日々を重ねるごとに、いつしか癒えて消えてしまう傷がほとんどだ。中には残る傷跡もあるだろうが、それはよき教訓となり、やがて僕の誇りになるだろう。その日がいまから待ち遠しくてならなかった。

「とにかく、おまえが元気そうで安心したよ」

「心配かけてごめんね。ところで仕事は大丈夫なの…？　まだ出張中なんじゃ…」

「うん、あんまり大丈夫じゃないけど大丈夫だ！」

自信たっぷりにそう言いきると、義継は笑って胸を張ってみせた。

「親友の大事とあれば、どこへでも駆けつけるさ」

「――頼もしいね」

いままではそんなふうに言われるたびに心のどこかに引っ掻き傷ができていたものだが、いまは本心からそう思えた。午後の飛行機で仕事先に戻るという義継とは、それから数分後に別れた。

「今度、ぜひ彼女を紹介してね」

「もちろんだ」

鷹揚《おうよう》に胸を叩く義継を見ているうちに、自然と笑みが零れてきてしまう。

会ってよかった、と心から思った。いまはここにいない「誰か」の尽力がなければ、こんな機会は一生持てなかったろう。おかげでこんなにも晴れやかに、この背中を見送れるのだ。

「あ、そうだ」

会ったら言おうと思っていた二つ目の事柄を告げると、義継は快く了承してくれた。

「その方が俺も安心だよ」

「うん、僕も安心する」

義継がポケットから取り出したボールペンで、手首の文字にしゃっと打ち消し線を引いた。

（……その癖、彼女に指摘されて直るといいね）

僕がいくら言っても直らなかったその悪癖が、いつしか改善されることを祈りながら。

「じゃーね」

「おう。今度はおみやげ持ってくるからなー」

踵を返した義継に手を振る。その姿が通路に消える寸前に、僕は「あのねっ」と口を開いた。

「お、まだ何かあったか？」

顔だけをこちらに覗かせた義継が、不思議そうに目を丸くする。

(お人よしそうな垂れ目も、意外に凛々《りり》しい眉も、大きな掌も……全部好きだったな)

義継の造作を懐かしい思いで見返しながら、僕は言いたかった最後の言葉を真摯《しんし》に告げた。

「——好きな人、できたよ」

「知ってるぞ？」

「うん。もう一度言いたかったんだ」

それだけ、と笑うと義継は「応援してるからなー」と目尻にシワが寄るほどくしゃりと笑った。

(最初に君に言ったソレは嘘だったけど…)

いまのは嘘じゃない。本心からの言葉だった。

伝えたかったすべてを言い終えて、言い知れぬ満足感に胸を浸す。

「ありがとう。じゃーね」

「おう、またな」

そう言って片手を上げた義継を、僕は笑顔で見送った。

——あれから。実家からの連絡は一度も入っていない。

刀牙によれば、縁談の直後に古閑家からの圧力が叶家にかけられたのだという。離縁の済んでいない僕は、まだ古閑家の一員として扱ってもらえるらしい。そんな状態の僕に縁談を強要したことに、古閑家が不興を示したのだ。叶家はいまその対応に追われている最中なのだと聞いている。

そして叶家以上に甚大な被害を蒙《こうむ》ったのが、上月家だろう。

若社長をはじめ、会社の重鎮や幹部が次々と毒に侵され、一時期は昏睡状態にまで陥っていたのだという。さらにはインサイダーにより不正までが暴かれ、社会的信頼の失墜は免れないということだ。

(誰かと誰かの影がチラつくよね…)

その辺りを深くは追及しなかった僕に、刀牙は鮮やかに笑って肩を竦めた。

「ま、そんな状態だから、君の件はなかったことになってると思うよ」

「じゃあ僕は束の間、自由の身ってことですか」

「そういうこと。ま、今後の人生をハッピーにできるかは、これからの君にかかってるってわけだ」

相変わらず黒尽くめの上下に身を包みながら、刀牙は得意げにそう言って腕を広げた。

ホテルを引き払い、自分のマンションに戻ったのが縁談から三日後のこと——。

本当は義継と別れてすぐにでも戻りたかったのだが、さすがにそれは体調が許してくれなかった。その後の療養でどうにか出歩けるまでの体力を取り戻し帰ってみると、「おかえりー」と最初の来訪と同じくらいの傍若無人さで、刀牙はリビングで僕の帰りを待ち受けていた。例のピアスの回収ついでに、こちらの様子見に顔を出したのだという。おかげで事の次第を少しは呑み込めたのでありがたかったけれど、訊いてもいない話までいろいろと置いていかれたのにはけっこう参った。

「そうそう、トワから伝言も預かってるよ」

「え？」

「刹那の趣味が『不幸』だってんなら二度目の手出しはしない、ってさ」

「……どういう意味ですか」

「わかってるんじゃない？　トワは弟思いだよ、意外なことにもね」

「まさか」

「べつに信じなくてもいいけどさ、愛情の物差しってのはいろいろだよ。百人いればそれこそ百通りの愛があるんだからね」

にわかには信じられない言葉に眉を顰《ひそ》めると、刀牙は笑いながら「これはオフレコだけどね」とおもむろに唇に立てた指を添えた。

「トワのやつ、君の騎士に一度フラれてるんだよ。本気でトライしたのに落ちなかったって驚いてたよ。だからずいぶん買ってるみたいだよ、彼のことをね」

「え…」

「料亭からも、けっきょく自力で君を攫っちゃったしなぁ。彼にならば君を任せられるって言ってたよ。俺じゃ不適任だって最初から言われてたしね」

「でも、兄さんだってあなたの愛人になるのを勧めてたじゃないですか」

「それは叶家の計略を回避するためじゃない？　君の騎士が未成年じゃなけりゃ、トワだってそんなこと言わなかったと思うよ」

「……僕には、よくわからないです」

「うん、君の立ち位置はそれでいいと思うよ。トワだって恩を売りたいわけじゃないだろうしね。ただ、君を思ってるのは騎士くんだけじゃない、ってことは頭のどこかで覚えてて欲しいよ。もちろん、俺も含めてね」

　そう言ってニヤリと笑った刀牙の言葉をどこまで信じていいのかはわからないけれど、たとえば兄がそんなふうに自分の身を案じていてくれたのだとしたら、心の片隅が少しだけ暖かくなる。

　計算高い兄のことだから、今回の件に付随して何か収穫も得ているのだろうが、それは自分には関係ないことだ。

（喜び上手は幸せ上手、っていうもんね）

　どんな事柄にもいい面と悪い面があって、僕はどうも悪い面にばかり気を取られてしまうのが癖になっているのだろう。そんなことすら、いままでの僕は気づかずにいたわけだけれど。

　視点を少し変えるだけで、見えてくるものがこんなにもたくさんあるんだなと改めて実感する。ともすれば空の色さえ違う気がしてくるのだから、心持ちというのはことの他大事なのだろう。

「よく晴れてるなぁ…」

眩しい光を片手で遮って目を細める。

あの夜から一週間経つ今日、僕は都内の海浜公園に光秀を呼び出していた。

繋がるようになっていた通話に安堵を覚えながら、リダイヤルから光秀の携帯番号を電話帳に登録し直したのが昨日のことだ。以前は「家族」のカテゴリーに入れていたグループ分けを、少し悩んだ末に僕は保留にした。そのカテゴライズを決めるのは僕じゃなくて、彼の方だから。

(もうすぐ夏休みも終わりなんだね)

八月の終わりが近づくたびに、太陽の権勢も日ごとに薄れているような気がする。揺れる水面に乱反射する日差しも、全盛期に比べればずいぶんと線が細い。

空の端で弧を描いていたカモメが、すいっと浜辺に下りてきて羽を休めるまでの動きを目で追う。やがて動かなくなったカモメから目を逸らすと、僕はもう一度空を見上げて動いている何かを探した。

時間よりだいぶ早く着いた海辺で、カモメの声を聞きながら砂浜へと続くスロープに腰を下ろしたのが、かれこれ三十分も前の話だ。

ちょうど頭上にさしかかった飛行船にまた視線を据えて思考を散らす。——そうでもしていないと落ち着かないのだ。約束の時間まではまだ間があるというのに、近づいてくる足音を感知するだけで跳ね上がりそうになる鼓動を、さっきからどう処理していいのかわからないでいる。

(どうしよう、すごく緊張してる……かも)

ふう…と溜め息をついたところで、背後の駐輪場にバイクの気配が入ってくる。そちらに背を向けたまま全神経を研ぎ澄ましていると、程なくしてあの怠惰な足音が近づいてきた。

「チーッス…」

僕の背中にそう声をかけてから、回り込んできたブーツがぴたりと目前で止まる。光秀がいつも愛用しているブーツだな、と瑣末《さまつ》なことに気を散らしながら、僕はぎゅっと両手を握り締めた。

密《ひそ》かに深呼吸を二度くり返す。

「つーか刹那さん、早くね？　まだ三十分前なんだけど…」

「――そういうミツもだよね」

そこでようやく顔を上げると、光秀はこれまでよりも少しだけ大人びた笑みでそこに立っていた。

一週間ぶりとは思えないほどに、もっと長い間この顔を見ていなかったような気がする。

（ミツだ）

そう思った途端に、脈絡なく涙腺《るいせん》が緩みそうになって僕はわざと目許に力を籠めた。それをどう勘違いしたのか、光秀が左目の下の蛇を指先で撫でながらボソボソと小声で言い訳を零す。

「あー、俺としては早めにきてシミュレーションしとこうかなーと思って…」

「シミュレーション？」

「そりゃ、何度もフラレんのはやっぱ覚悟がいるっしょ」

そう言いながら、光秀が吊り目のラインを弱ったように弛ませてみせた。ま、こっちの話ってことで…と、苦い笑みを浮かべながらふいにその眼差しがどこか遠くの方へと投げかけられる。それを追って僕も彼方《かなた》に視線を投げるも、光秀が何を見ているのかはわからなかった。

（覚悟——か）

スロープに座り込んだまま立とうとしない僕の横に、ややして同じように腰を下ろすと光秀は「うお、眩しー…」と西日に手を翳《かざ》した。

（会ったら言おうと思ってたことがたくさんあったはずなのに…）

いざ顔を合わせたら、何から言えばいいのか僕はすっかりわからなくなってしまっていた。

いままで感じたことのない緊張感が、じわじわと鳩尾《みぞおち》の辺りから込み上げてくる。ザザ…と打ち寄せる波の音に、二人並んでしばし耳を傾けた。

陽が傾きはじめたからか、海風が少し冷たく感じる。膝を抱え直して体温を籠らせていると、光秀が「はい」と手にしていたウィンドブレーカーを手渡してくれた。

「ありがと…」

「どーいたしまして」

光秀がくっと片眉を上げて、少しだけ笑う。そのやり取りにようやく会話の糸口をつかめた気がして、僕はずっと気にかかっていたことを口にした。

「兄さんとは、どこから共謀してたの？」

「あー…共謀っつーか、情報源？　最初は八重樫《やえがし》に『叶サイドに動きがあったら教えてくれ』って頼んでたんだけど、あとになって自分よりも確かなソースが他にあるとかってあいつが言い出してさ。

で、紹介されたのが『eternity』って情報屋だったんだけど」

「まさかそれ…」

「ね。しかも連絡先はすでに俺の携帯にあるとか言われてさ、ワケわかんねーと思ってたら、『和訳してみ？　心あたりあんだろ』ときてね。——トワさんて謎な人だとは思ってたけど、そんな裏稼業持ってたんだな」

「ぜんぜん……知らなかった…」

絶句した僕を気遣うように、光秀が声の調子を和らげる。

「あー、正体は一部の同業か刀牙さんくらいしか知らないって、トワさん言ってたよ。でも考えてみたら、ピッタリな職業なんじゃね？　あの人ならシモ系のスキャンダル、つかみ放題だろうし。『趣味と実益を兼ねてるんだー』って笑ってたよ」

（まったく、あの人は…）

いつだったか兄が、自分の趣味は「人の弱みをつかむこと」だと言っていたのを思い出す。加えて、叶の家に生まれ落ちた不幸を嘆く姉たちに、昔さらりと言い捨てた言葉までが蘇る——。

『僕は叶家に生まれたことに感謝してるよ。コレは使い方次第でこれ以上ない強みになるからね』

冗談でも強がりでもなく、兄は生まれもった体質と家筋で人生を謳歌《おうか》しているらしい。

（兄の思考回路が僕にわかる日は、きっと一生こないんだろうな…）

同じ遺伝子で作られている兄よりも、まだ光秀や義継の方がわかりやすいくらいだ。

「で、連絡取って刹那さんの情報を回してもらってたんだよ。縁談の日取りとか、ピアスの仕組みとかをさ。しかし参ったよ……当日、ここで待ってればあんたに会えるってポイントで待機してたのに、待てど暮らせど現れないしさ」

「あ…」

あの日、庵で破り捨てたメモがふいに脳裏をよぎる。

「ごめん、そんな裏があるなんて知らなくて…」

「や、刹那さんがくるとは思ってなかったよ、最初から。あんたの意固地さはよく知ってたし。困ったのはあとは自力で探せって言われたことだよ」

「自力？」

「そ。愛があるなら自力で助けてこいとか言われてさ。いやもう、必死こいたね。まずは料亭に忍び込むのに一苦労だよ…。佐倉に話つけてもらったあとも、やったら広くてどこにいるやら見当もつかねーし。あんたの声が聞こえて間一髪、間に合ったんだよ。で、飛び込んだら飛び込んだであの光景だろ？　そりゃ咄嗟に、スタンガンを鈍器にしちまうっつーの…」

「そうだったんだ…」

「――でもいま思えば、気持ちの深さを試されてたのかもな、俺…。すげーわかりにくいけど、あの人なりに刹那さんを大事にしてるんだなって気がしたけど」

「……どうなんだろう」

思わず乾いた呟きを落とすと、光秀も苦さを孕んだ溜め息を一つ零した。

「何ていうかさ、親とか兄弟とかって、見えてるようで見えてねーもんなんじゃねーの？」

「そうなのかな」

「俺にもよくわかんねーけどさ……最近、そういう気がしてる」

そう言いながら、また遠い彼方に視線を投げやる。

つられて同じ方角に目を向けると、傾いた陽がオレンジ色の光を水面に長く引き伸ばしていた。その揺れに目を留めながら、またしばらく波の音に耳を澄ます。

程なくして、静かな問いかけが隣から発された。

「それで、兄貴とは？」

膝を抱えながら、そっと傍らの横顔を窺う。光秀の視線はじっと遠くを見据えたままだった。

どうやらあれ以来、義継とは話していないらしい。どう答えようか少し迷ってから、僕はけっきょく端的に結果だけを返すことにした。

「離婚したよ」

「あれ、まじで…？」

「うん。さっきね、役所に届けてきたんだ」

出すのにどれだけの勇気が要るのかと思っていた用紙は、何のことはないただの紙切れで。

「紙一枚でどうとでもなるものだったんだなって、改めて思ったよ」

「――そっか」

義継に頼らず自分の手でそれを出したことによって、本当にこの六年間を締め括れたんだなという気がした。義継に抱いていた妄執の殻をすべて剝がして、中から出てきた小さな核を僕は大切に胸の奥にしまった。それがキラキラと輝きはじめるのも、そう遠い日のことではないだろう。

こんなふうに一歩を踏み出させてくれたのは、他でもない隣にいる光秀だ。

(本人にあんま自覚ないみたいだけど…)

僕がさっきから口を開こうとするたびに、隣で身構える気配がする。いつまた僕が彼をフるか、どのタイミングで失恋させられるか、光秀としては気が気じゃないのだろう。そんな覚悟をするくらいだったら、もっと別の覚悟を決めてもらいたいところなのだが…。

(――ああ、覚悟がいるのは僕もか)

口を開こうとして、けっきょく言えずに噤《つぐ》んでしまうのはやはり覚悟が足りないせいだろう。

胸にしまった小さな核、それは僕が義継に最初に抱いた感慨だった。世間の目にとらわれず、ありのままの自分を見てくれるから好きだったはずなのに…。気づいたら僕は偽りの自分しか彼に見せられなくなっていた。そうして自分を鎧《よろ》っていくうちに、次第に恋心は潰《つい》えていったのだろう。

(だから今度の思いは大事にしたいんだよね…)

どうすれば大切にできるのか。それすらもいまの僕にはよくわからないのだけれど、たぶん光秀ならきっと知っているだろう。

「あのね」

そう切り出すのにそれから五分もかけた僕を、未来の自分は笑って思い返せるだろうか？

隣で息を呑んだ光秀が「はい…」と小さく声を弱らせる。

「しばらく再婚はしないつもりなんだ——少なくともあと二年はね」

「二年？」

具体的な数字が光秀に混乱をもたらしたらしい。意味をつかめずに「え、何で？」ともう一度反問されたところで、僕は覚悟を決めてそれを声にした。

「だって君が十八になるまで、あと二年かかるでしょう？」

「え？　って、ええ——…ッ!?」

脳に理解が及ぶまで、たっぷり十秒はかかっただろうか。

(それ、ちょっと驚きすぎなんじゃないの…？)

そう思うほど派手に惚けてから、光秀はおもむろに自分の頬をこれでもかというほどに抓《つね》り上げた。

だが、その痛みをしても信じられないのか。

「刹那さん、悪い薬でも飲んだ？」

真顔で訊いてくるに至って、僕は思わず吹き出していた。

(そういうところは年下らしくて可愛いよね)

笑いの止まらなくなった僕に困惑しつつ、光秀が再度頬を抓ろうとする。その手を制して握り込む

と、僕はもう片手を光秀の首に回した。

「せ、刹那さん…」

「悪いけど、今日は逃がさないよ」

「へ？」

こちらの勢いに圧されて、後ろ手にスロープにへたり込んでいる光秀の膝に強引に乗りかかる。まだ混乱のさなかにいるのか動きの鈍い手を解放すると同時に、僕は素早く首筋に両腕を絡めた。それからニッコリと極上の笑みを浮かべてみせる。

「僕には逃げるなって言っておいて、誰かさんはさっさと逃げちゃったよね」

「……それもぜったい言われると思ってた」

「へえ、自覚アリ？　なら、なおさら逃がさないよ」

向かい合ったまま顔を寄せようとすると、反射的になのか光秀が背後に上体を逃がそうとする。それをさらに追っていくと、僕は半ば無理やり目許に口づけた。

刺青のざらつきを舌先で撫でてから、薄い瞼にキスを落としてついでのように鼻頭に噛みつく。

「ちょ…っ、刹那さんストップ…！」

ひどく上擦った制止に、僕はクスリと口許を笑ませながら少しだけ体を引いた。

「どうして逃げるの？」

「や、こんなトコでそんなことされても困るっつーか…っ」

「じゃあ、ミツは僕が要らないの？」

甘く吐息を吹きかけながら囁くと、光秀が心底参ったというように両手を挙げる。

「降参です。つーか、まじで言ってんだよね…？」

「僕の言葉が信じられない？」

失礼にも五秒ほど沈黙してから、光秀はようやく掲げていた両手を僕の腰に回してきた。

「まあ、刹那さんに騙されるんなら本望っていうか…」

「だから騙してないってば」

「――なら、それを俺に信じさせてよ」

気づいたら逆転しかけていた立場に、光秀もやるようになったなぁ…と思う。昔は僕に翻弄《ほんろう》されるばかりだったのにね。

（でも、そう簡単に主導権は譲れないよ）

でないと、また緊張でどうしたらいいかわからなくなってしまうから。

「好きだよ、ミツ」

嘘や冗談でならいままでに何度も口にしたことのある台詞《せりふ》を耳許で囁く。直後にこみ上げてきた実感に思いがけず泣きそうな幸福感を味わいながら、僕は肩口にそっとこみかみを預けた。

（知らなかった…）

本気で口にする言葉には、意識せずとも気持ちが乗るのだろう。自分の声が何度も鼓膜でリピートされて、さらに思いが募っていくような気がした。

「刹那さん…」

抱き締めてくる腕の力が徐々に強くなっていく。それが堪らなく嬉しくて、自分でもきつく光秀の体に縋った。凹凸の一つ一つを互いで埋め合わせるように強く——。

「ねえ、ミツは？」

耳許に囁きを吹き込むと、口づけた耳朶が少しだけ熱くなった気がした。

「知ってるくせに…」

「ちゃんと聞きたいの、ミツの口から」

「……あーもう」

直後に骨が軋むほど抱き締められて「死ぬほど好きなんですけど…っ」と早口に囁かれた。

（どうしよう——これ、下手したら死ぬんじゃないかな…）

破裂しそうな勢いで拍動する心臓が、いまにも口から転げ出てきそうで不安になるほどだ。考えてみれば、自分には両思いの免疫がまったくないのだ。

人生でこれほど動揺したことも、赤面したこともないのではないかと思いながら、熱くて堪らない顔を光秀の視界から隠すように、肩口に顎を乗せてきつくしがみつく。

「つーかさ、これって傍《はた》から見たらただのバカップルだよね…」

ややして零された言葉に、僕はようやく腕の力を緩めた。

「うん、いい迷惑だね」

クス…と小さく笑いながら、顎を上げて向かい合う。互いにまだ熱い額をこつんと打ち合わせながら、上目遣いに目を合わせる。気づいたら、自然に唇を重ねていた。

「ん、ンん…」

唇を入れ替えるたびに、トロリ…と頭の芯が蕩《とろ》けていくような心地を味わう。

（ミツが欲しい…）

光秀の何もかもが欲しいと訴える本能に、次第に理性のブレーキが利かなくなる。そのギリギリのところで唇を解放されて、僕は大きく息を吸った。

昼の熱風の名残を孕んだ風がゆっくりと肺に満ちていく。それを熱い吐息に変えると、僕は光秀の耳許に「帰ろっか」と囁いた。

「どこに？」

「僕の家でも、君のところでも。どっちも僕らの家でしょう？」

どうせなら統一しようかと笑うと、光秀は急に神妙な顔になって首を振った。

「や、それはさすがにまずいっしょ」

「どうして？」

「だって歯止め利く自信ねーもん、俺…」

口許を覆いながら横を向くその仕草が可愛くて、また口づけたくなる衝動をぐっと堪える。

年上の自分がここで理性を失くしていては、これから先ハナシにならない。……といってもすでに充分、衝動に流されてしまった感が否めないのだが。

(でもまあ、多少のオイタは許されるんじゃないかな——だって夏休みだし)

先にスロープを上りはじめた光秀に小走りに追いつくと、僕は爪先立ちで「提案」を吹き込んだ。

「……それ、まじで言ってる？」

「うん。こないだの、すごくよかったから。だから今夜も——ね」

「や、でもアレは禁じ手っていうか…」

「僕の体、好きにしたくないの？」

「したいです」

「じゃあ、決まりね」

今晩のプレイが決まったところで、僕は上機嫌に光秀の腕に自分の腕を絡めた。

いいのかなこれで…と、まだ悩んでいるらしい青少年に「何だったら最寄りのホテルに入る？」と新たに提案してみると、意外なことにもわりと真顔で「ヤだよ」と却下されてしまった。

「どうして？」

「そんなの決まってんじゃん」

「え…？」

「ただヤるんじゃなくて、ちゃんと抱きたいからだよ」

「――…」

そう言われた途端、腰が抜けそうになって慌てて光秀の腕につかまる。

「刹那さん？」

こちらの胸中にはまるで気づいていないらしい戸惑い顔に支えられながら、僕は内心だけでニンマリと笑顔を浮かべた。

（もしかしなくても僕、すごい大金星をつかんだんじゃないかな…）

半年先、一年先の未来を考えただけでも、光秀の成長が楽しみでならない。

「ねえ…」

「ん？」

「あと二年の間に、もっとイイオトコになってね」

じゃなきゃ許さない――と囁いてから、僕は年下の恋人に爪先立ちのキスを贈った。

エピローグ

（俺、夢見てんじゃねーよな…？）

海辺での一幕からこっち、幾度となく反復した疑問を性懲りなくまたもくり返してしまう。無理もない――といままでの経過を知っている者なら、誰もが俺の苦悩に同意してくれるだろう。

「現実だよなぁ…」

隣で無防備に寝顔を晒《さら》している刹那《せつな》の頬《ほお》に指を添えてみる。

少し乾いた唇をなぞると、くすぐったいのか「ん…」と小さく呟《つぶや》きながら、刹那が身を反転させた。その分、先ほどよりも近づいた寝息がスースーと俺の胸にあたる。そのこそばゆさに耐え兼ねて、指先で浮かせた顎《あご》の角度を変えても、刹那が起きる気配はない。されるがままの状態だ。

（……やっぱ日常的なプレイじゃないでしょ、アレは）

行き先の希望を聞いたら「ミツの家」と言われたので、あれから俺のマンションに直行したのだが、けっきょく夜まで待てずにリビングではじめた行為が終わったのは、風呂《ふろ》場を経由してのベッドの上だった。リクエストどおり「禁じ手」プレイに勤《いそ》しんだおかげで、刹那の体力は限界を迎えてしまったらしく、終わるなり人形のようにコトリと意識を失ってしまったのだ。

対するこちらは気の昂《たかぶ》りと緊張とが冷めやらず、とても眠れるような状態ではない。簡単な後始末を終え、刹那の隣に横になったはいいものの、もう何時間この寝顔を見つめていることやら。

時刻はもうじき日付が変わろうという頃合だ。

（ちょっと頭、冷やしてくるか…）

ベランダで夜風にでもあたろうかとベッドに起き上がりかけたところでしかし、予期せぬ引き留めを受ける。見ればまだ半覚醒《はんかくせい》といった様子の刹那が、シーツについた俺の腕をつかんでいた。

「どこ、いくの…？」

予想外に不安げな瞳《ひとみ》と目が合って、こちらの方が戸惑ってしまう。

「あー…ちょっと、夜空でも眺めてこようかなーって」

「何で…？」

「目が冴《さ》えて眠れないから」

「戻ってくる？」

「そりゃ、もちろん」

掠《かす》れ声の問いに一つずつ答えていくと、くすんだ翡翠《ひすい》の瞳に少しだけ安堵《あんど》の色が浮かんだ。やがて意識の方もはっきりしてきたのか、ブレ気味だった焦点がしっかりと定まったように俺の顔を見据えてくる。薄闇の中でしばし見つめ合っていると、刹那が急に拗《す》ねたように唇を尖《とが》らせた。

「やっぱヤダ、ここにいて」

「え、でも…」

「――あのね、自分だけだと思ってる？」

「へ？」

意味のわからない質問に間抜けな反問を返すと、刹那は小さく溜《た》め息《いき》をついてからそろそろと上体を起こした。裸の肩からシーツが落ちて、薄闇の中でもわかる情交の跡がいくつも目に入る。

「刹那さん…？」

瞳にかかっていた前髪をゆっくり掻《か》き上げると、刹那はおもむろに利き手を持ち上げた。直後にかなり本気のデコピンを一発、かまされる。

「痛っ、え…っ」

「どうせ、これは夢なんじゃないかとか思ってるんでしょ？　そんなのこっちも思ってるってば。だから次に起きた時、隣にミツがいなかったら僕、泣くかもしれないよ。いいの？」

「……刹那さんて、そんな可愛《かわい》いこと言うキャラだっけ？」

「キャラ換えしたの。ミツの前でだけね」

「えー…」

いままでだったらあり得ないような、こういった刹那の言動がさらに自分を混乱させるのだ。

「そんなに信じられないんなら何度でも確かめたらいいよ、体でさ」

俺の戸惑いにさらに不機嫌が増したように表情を曇らせながら、刹那が四つん這《ば》いで間合いを詰めてくる。大人しくなっていた俺自身に手を伸ばそうとしてくるので、俺は慌ててその手をつかんだ。

「や、つーかさんざんヤッたし…っ」

「だから、自分だけだと思わないでってば」

俺の手を振り払った手が、むにっと俺の頬を摘《つま》み上げてくる。

（えーと…）

それはイコール、この人もまだ現状を信じきれていないということだろうか？

だから不安で、確かめずにはいられない……？

「——何だ」

（同じなんじゃん）

早生まれと遅生まれのせいで年の差はほぼ六つなのだが、学年で言えば七つも違うのだ。それはどうしたって越えられない壁のようなものだと思っていたから。

急に込み上げてきた安堵に突き動かされるように、俺は気づいたら華奢《きゃしゃ》な腰を抱き寄せていた。

「え、わ…っ」

唐突な形勢逆転に、されるがままになった裸身が俺の脚を跨《また》ぐようにして座る。

「ミツ…？」

戸惑いを含んだ声音がそっと吹き込まれるのに、俺は知らずほくそ笑みそうになっていた。

年上のこの人はいつだって大人で、自分と同じ不安を抱えることがあるなんて思ってもみなかった。

社会的な意味での差は確かにまだ大きいけれど、それもあと数年の話だ。

年の差なんてたいした問題じゃないのかもしれない、と思えたのはこれが初めてだった。

「刹那さんも不安なんだ？」

「……何で急に嬉《うれ》しそうな声になったの」

「そりゃー嬉しいからね」

「ちょっと――主導権持ってかないで。返して」

拗ねたようにそう零《こぼ》しながら、ややして刹那が「ねえ…」と片目だけを眇《すが》めてみせる。

「じゃあ、こうしようか」

唐突に微笑《ほほえ》んだ唇が近づいてきたと思った途端、耳朶《じだ》に鈍い痛みを感じた。硬い上下の歯が、柔肉をがちりと挟み込んでいる感触がジンジンと伝わってくる。

「痛いんですけど…」

「我慢して」

歯型がついただろう耳朶にねっとりと舌を絡めてから、今度は首筋を強く吸われた。刹那の好きにさせていると、続けていくつもキスマークをつけられる。

(やれやれ…)

明日は友人と会う約束があるというのに、これは服選びに難儀しそうだなと内心だけで苦笑する。

「こーいうのって、いままで嫌がらせでしかつけたことないんだけど」

「つーか、すでに嫌がらせっぽいというか…」

素直にそう返すと、今度は肩口に歯を立てられた。

「いてっ」

「これは所有印。ミツが僕のものだっていう、証《あかし》」

（また、そーいう可愛いことを言う…）

これが演技だというのならこれまでと変わらないのだが、どうも素で言っているらしいので「どうしてくれよう…」という思いで頭がいっぱいになる。

鎧《よろい》も仮面も纏《まと》わない、素顔の刹那の可愛さは正直——想像を絶していた。

（参ったな……これがこの人の素なわけ…？）

ふつふつと込み上げてくる愛しさと、それを凌駕《りょうが》しそうになる欲情に耐えながら、俺も細い首筋に唇を寄せた。最中に請われてつけたキスマークを、もう一度吸い上げて辿《たど》っていく。

「お返しに俺も噛《か》めばいい？」

「ううん。ミツはもう一回、僕を抱いて。ノーマルでも、アブノーマルでもいいよ」

「いや、でも刹那さんの体が…」

「さっきよりもっと好きにしていい、って言っても？」

「……乗りません、そんな甘い誘惑には」

たとえノーマルでも、これ以上の体の酷使は刹那の体力を削るだけだろう。刹那も明日は外出の予定があると言っていたので、無理をさせるわけにはいかない。

次々とくり出される甘言を必死に退けていると、急に刹那が声を弱らせた。

「僕が、こんなに頼んでもだめ…？」

上目遣いにこちらを見ながら、するりと下りてきた手があらぬところを探りはじめる。その手が悪戯《いたずら》を開始する前に、俺はきっぱりとその動きを制した。

「はい、ストップ。したいのは俺だって山々なんだけどさ、ホント」

「だったら…っ」

「でも、それ以上にあんたを大切にしたいんだよ」

求めに応じるのも愛かもしれないが、時にはそれを拒むのも愛だろう。——とか言ったら、そんなの詭弁《きべん》だとか言われてしまいそうだが…。これはこれで俺の本音だ。

「——…っ」

束の間、息を呑《の》んだ刹那がパッと俯《うつむ》いて表情を隠す。

(あれ、怒った……?)

その後の様子を慎重に窺いながら、俺はつかんでいた両手を解放した。行き場を失った手がぱたんと俺の腿《もも》を打つ。それがきつく握り締められるのを見下ろしながら、俺は少し言い訳を補足した。

「だっていまヤッたら明日、確実に足腰立たないっしょ? せめて予定のない日にしようぜ」

「——いまシてくれなきゃ嫌だ、って言い張ったら?」

「叱《しか》って宥《なだ》めて寝かしつける」

表情の読めない刹那の心情を量るために、俺はわざとそんな軽口で対応した。

(ま、これも本気だけどね)

何も甘やかすばかりが愛じゃないというのも、今回の件で俺が学んだ経験則の一つだ。こんなふうに甘えられるのは嬉しいけれど、好きだからこそ、言うことを聞けない場合だってある。

何もかもを受け入れるのが正しいとは限らないわけだ。

(あー…そういうことか)

こちらから唯一見える耳が赤く染まっているのに気づいて、俺はようやく一息ついた。

「シてくれなきゃ別れるって言ったら？」

なおも続く刹那の照れ隠しに、俺も相応の嫌がらせで応酬することにする。

「そしたらスルけど——その場合、イヤって言ってもやめないよ。しつこくねちっこく、一晩中かけてヤるよ。泣いてお願いって言ってもイカせないね。俺と別れない、って言うまではさ」

「……ミツ、親父《おやじ》みたい」

「そ？　ダダこねる刹那さんはまるで子供だけどね」

「もうっ」

ドン…ッと拳《こぶし》で胸を叩《たた》かれる。

刹那相手にここまでキレイにKO勝ちを決められるとは、自分もずいぶん成長しているのだろうか？　妙に感慨深い気がしないでもなかった。いままでとは違う関係がこれからスタートするのだ。

変わる部分もあれば、変わらない部分もある。

「刹那さん…？」

俯いたまま数秒ほど沈黙してから、刹那がおもむろに顔を上げる。そこにはすでに動揺も焦りの色も見受けられなかった。目が合うなり、ニッコリと満面の笑みを浮かべられる。

「しょうがないから今日は折れるけど、次はないよ？」

「や、言っとくけど俺だってヤリたい盛りだし、でもそこを敢えて我慢しようと…」

「そう？　僕は一ヵ月くらいセックスレスでもいいよ——君とはね」

「……何ちゅー不穏なことを」

「あれ、聞こえちゃった？　ゴメン、心の声のつもりだったのに、アハハ」

（ちょっと、切り替え早すぎでしょーよ…）

あっという間に一本取られている現状に、やっぱりこっちの方が落ち着くかも…とか思ってる辺り、俺もたいがいマゾなのかもしれない。

見ればまだ少しだけ耳の輪郭が赤い。それが誰のせいかを思うと眩暈《めまい》すら起こしそうになるのだが、いま大事なのはそこではない。その線を指で辿ると、くすぐったそうに刹那が身を縮めた。

「いま言うのも何だけどさ、俺かなり独占欲強い方だから」

思わず釘《くぎ》刺さずにはいられず、そう声を低めると「奇遇だね」と刹那も表情を引き締めてみせた。

「僕もだよ、それ」

相対した瞳が真っ直《ま す》ぐにこちらを見据えてくる。

刹那が嫉妬《しっと》深い性質であることはもう知っている。兄に女性の影がチラつくたびに、いつもヒステリーを起こしてはそれに巻き込まれていたのが自分なのだ。だが今度は自分自身がそういう対象になるなんて。嬉しいとかここで言ったら、怒られそうだよな…とそこは冷静に判断を下す。

「――じゃ、そーいうことで」

（平和のためにも、お互い浮気はなしって方向で）

視線だけで指切りを済ませると、刹那がチュッと俺の頬に口づけてきた。それから急速に脱力した体でぐったりとしなだれかかってくる。

「刹那さん？」

「ホントはね、すーごく眠いんだ…」

「そりゃ、そうでしょ。あんだけ乱れればね」

「一緒に寝てくれる？」

「いいよ」

ようやくもとのように二人並んで横になりながら、刹那の所望で左腕を枕に提供する。……腕が痺《しび》れるので本当はあまり得意ではないのだが、刹那のたっての希望とあっては断れない。

（や、でもけっこうイイもんかもな…）

いままでにもふざけてこうされたことはあったが、いまはこの状態で刹那が安息を得ているのが雰囲気として伝わってくる。それがたとえようのない幸福感をもたらしてくれるのだ。

（そういや、俺の幸せってのはあんま考えたことなかったな）

刹那の幸せを案じるあまり、自分の幸福なんてすっかり疎《おろそ》かにしていたことにいまさらながら思いあたる。誰かの犠牲のうえに成り立つ幸せなど所詮《しょせん》は自己満足や欺瞞《ぎまん》であって、本当の幸福ではけしてないと——知ってはいたけど、これもまた「わかって」はいなかったのだろう。相手の幸福と自分の幸福とが釣り合うなんて、もしかしたら奇跡的なことなのかもしれない。

物語に最良の終章《エピローグ》があったとして、いまのこれはかなりいい線なのではないだろうか？

こうして闇の中でじっとしていると、また夢と現実との境界線があやふやになってきそうになるのだが、そのたびにジワリと嚙まれた耳朶が痛んだ。

さっきよりは格段に落ち着いた心持ちで天井を見上げていると、フフ…とふいに忍び笑う気配が伝わってきた。

「どうかした？」

「ううん。義継《よしつぐ》が知ったら、ビックリするだろうなぁと思ってさ」

「そりゃーね…。つーか親父に何て言えばいいんだろうとか、考え出すとキリがないんだけど」

「あ、ミツのお父さんにはもう報告済みだよ？」

「は？」

世にも予想外な台詞に反射的に身を起こしかけると、それを阻むように刹那が枕にしている俺の腕をつかんだ。さらにこめかみを押しつけられて、観念して強張っていた体から力を抜く。

「えーと、それはどういう…」

「昨日の時点でお義父《とう》さんのところにはもう挨拶《あいさつ》にいってたんだよ。いままでのだいたいの経緯も話してね、そのうえでミツが好きなんですって伝えてきたんだ」

「……それで親父は？」

「うすうすは察してたみたいだよ、僕と義継が恋愛関係じゃないっていうのはね。さすがに君を好きだって言うのは想定外だったみたいだけど。光秀《みつひで》を頼みます、って言われたよ」

「…………」

「あいつは自分に似て不器用なところもあるけど、人の痛みのわかる優しいやつだからって。それから祖父譲りの懐の深さもあるから、きっと僕を幸せにしてくれるって言ってたよ」

何も言えず天井を見つめていると、か細い呼吸が薄闇を引っ掻いた。

「ミツがこっちに残った理由なんて……僕、初めて知ったよ…」

「――利那さん」

二の腕を熱く濡らすものが何かわかって、俺も危うく呼吸を乱すところだった。

さめざめとした涙がやむまで、茶褐色の柔らかい髪をそっと撫《な》で続ける。

（エピローグなんてまだまだだよな…）

父親の了承が得られたとしても、本家の他の者たちが黙っているとは思えない。叶家《かのう》にしたってそうだ。自分たちが手に入れたい幸福の前には、まだいくつもの関門が待ち受けているのだ。

それでも譲れない何かがあるってのは――…。

それ自体が至極、幸せなことなのかもしれないと思う。

震える肩を右腕で抱き寄せると、濡れた頬が胸に押しあてられた。

他にも無数にあったろう可能性や選択肢を潜《くぐ》り抜けて、自分たちはここまで辿り着けたのだ。だったらこの先だって、いくらでも切り拓《ひら》いていけるだろう。

（一人じゃないんだし、なおさらね）

細やかに震える肩を抱き締めながら、いまだやまない涙で濡れた頤《おとがい》を持ち上げる。

泣き濡れた睫《まつげ》をそっと唇で撫でてから、俺は甘い涙を味わった。

あとがき

こんにちは、桐嶋リッカと申します。

はじめましての方もそうでない方も、本書をお手に取ってくださりありがとうございます。少しでもどこかでお楽しみいただければ、これ以上ない喜びです。

気づけばこのグロリア学院シリーズも四作目になるんですね。これもひとえに読んでくださる皆様のおかげです。本当にありがとうございます。


今回はいままでメインになっていた二人ではなく、悪友三人衆の中から古閑にスポットをあててみました。相手が相手なだけに一番メロウな話になるのでは、と予想していたのですが、その辺りは案の定といいますか…。でも古閑の片思いが成就するまでにはいろいろと起伏もありましたが、その分、くっついてからのこの二人は、毎日が蜜月状態に近いのではないかと思います（一番早くに子供が授かりそうなカップルですよね）。

それにしても義継、ある意味隼人よりもタチの悪い天然です。古閑が天然慣れしているのは家庭環境のせいだったようで…。個人的には、天然を装う計算として登場した永遠がわりに気に入っております。サイトなどでいつか彼と刀牙の話も書いてみたいですね。

あとがき

前回に引き続き、今回も多方面にご迷惑をおかけしてしまい申し訳ありません…。本書がこのような形になるまで、携わってくださったすべての方々に感謝致します。

圧倒的なビジュアルで、回を追うごとにシリーズの世界観を広げてくださるカズアキ様、今回も拝みたくなるような素敵イラストの数々をありがとうございました。どうか今後ともよろしくお願い致します。それから毎度、迷い道を邁進してしまう私を叱咤激励して連れ戻してくださる担当様、今回の話は特に担当様の助言なくしては完成できませんでした。今後ともどうぞ、よろしくご指導いただければと思います。

原稿中は「クマムシになりたい…」と俯きがちにぼやくような有様の私を、半眼になりながらも見守り、支えてくれた家族・愛猫、それに友人たち。本当にいつもありがとう。

そして何よりも、読んでくださった皆様に溢れんばかりの愛と感謝を捧げます。

願わくはまた近く、皆様のお目にかかれますように——。

桐嶋リッカ

【HAKKA 1/2】 http://hakka.lomo.jp/812/

この本を読んでの
ご意見・ご感想を
お寄せ下さい。

〒151-0051
東京都渋谷区千駄ヶ谷4-9-7
(株)幻冬舎コミックス　小説リンクス編集部
「桐嶋《きりしま》リッカ先生」係／「カズアキ先生」係

リンクス ロマンス

蜜と禁断のエピローグ

2008年11月30日　第1刷発行
2012年7月31日　第2刷発行

著者……………桐嶋《きりしま》リッカ
発行人…………伊藤嘉彦
発行元…………株式会社　幻冬舎コミックス
〒151-0051　東京都渋谷区千駄ヶ谷4-9-7
TEL 03-5411-6434（編集）
発売元…………株式会社　幻冬舎
〒151-0051　東京都渋谷区千駄ヶ谷4-9-7
TEL 03-5411-6222（営業）
振替00120-8-767643
印刷・製本所…共同印刷株式会社
検印廃止

ISBN978-4-344-81489-9　C0293
Printed in Japan

幻冬舎コミックスホームページ　http://www.gentosha-comics.net